Christoffer Krug

Mehr und Mehr

Christoffer Krug wurde 1979 in Köln geboren.
2010 veröffentlichte er den Gedichtband
Come on, paint me a wound
Mehr und Mehr ist sein erster Roman.

krug verlag
aka
lemming verlag
www.lemmingverlag.de
Umschlaggestaltung und
Gesamtherstellung: Dr. Christoffer Krug
Lektorat: Stephanie Jana

3. Auflage 2012
Printed in Germany
ISBN: 978-3-00-029123-4

Bibliografische Information
der Deutschen Nationalbibliothek:
Die Deutsche Bibliothek verzeichnet diese
Publikation in der Deutschen Nationalbibliografie;
detaillierte bibliografische Daten sind im Internet
über http://dnb.d-nb.de abrufbar.

Christoffer Krug

Mehr und Mehr

Roman

lemming verlag

Vielleicht für Biti Mohanti

Erklimme das Gebirge
oder steige ins Tal hinab,
gehe bis ans Ende der Welt
oder um dein Haus herum:
du triffst immer nur dich
auf den Straßen des Zufalls.

Maurice Maeterlinck

Frankfurt am Main, Flughafen 19:06

Es riecht ranzig. Ich sitze in einem mittelgroßen Linienflugzeug. An meiner Kopflehne hängt eine Speichelpfütze. Ich bin wohl eingeschlafen. Das Essen wird serviert. Die Flugbegleiter fahren mit dem Cateringwagen durch die viel zu engen Gänge, und weil die Wagen aus gebackenem Teig bestehen, stoßen sie an den Kanten an und bröseln bei jeder Engstelle im Gang etwas weiter auseinander. Die Flugbegleiter kommunizieren untereinander mit Entenlockern, der Chefsteward antwortet aber trötend mit einer Kazoo. Ich verstehe kein Wort.

Wir fliegen durch Turbulenzen. Als ich auf die Toilette gehe, sehe ich im hinteren Teil des Flugzeugs eine gefesselte Person. Sie wurde mit Erdbeerschnüren und abgewickelten Lakritzschnecken an die Klotür gebunden, so dass ich die Tür schwer aufbekomme. Die Toilette ist erstaunlich geräumig. Ich wasche mir die Hände und setze mich in einen von der Decke hängenden Korbsessel. Einzelne Wassertropfen laufen am Waschbecken herunter und fallen auf den Boden. Der Grund löst sich dabei langsam auf.

Jetzt durchschaue ich alles. Erstens: Das Flugzeug ist aus Zuckerguss gebaut. Zweitens: Es befindet sich ein Terrorist an Bord. Ich stürze in die First Class und versuche, den Attentäter zu enttarnen. Es gelingt mir sofort. Es ist: der Senator.

Er hat sich bereits in eine Ecke gestellt, seine Hose geöffnet und will anfangen zu pinkeln. Ich springe hinter ihn, pieke ihm meinen ausgestreckten Zeige-

finger in die Seite und rufe: „Ich habe Sie durchschaut Senator: Sie wollen ein riesengroßes Loch in die Flugzeugwand pinkeln und uns alle zum Absturz bringen!“
Die übrigen Fluggäste schauen vorwurfsvoll und nicken bedächtig. Der Senator schließt seinen Hosenstall und setzt sich wieder. Ich habe das Unglück verhindert.

Rückkehr

Ein Mensch kann während eines Lebens hunderte von Gerüchen erkennen und viele einzelne Düfte zeitlebens in seinem Gedächtnis speichern. In meinem Kopf hat sich in den vergangenen Monaten die Anzahl der bisher in meinem Leben gerochenen und angesammelten Gerüche mindestens verdoppelt.
Scheiße, Schweiß, Staub, Gewürze, Krankheit, Armut, Abfall, Kühe, Tee, Affen, Zigaretten, der Rücken eines Elefanten.
Die Gerüche sind alle an mir und sie sind auch in mir. Unter meinen Armen riecht es nach Kardamon und Curry, meine Klamotten riechen nach dem Straßenstaub einer Millionenstadt. Und in dem Moment, in dem sich die Flugzeugtür öffnet und mir der trockene, kalte Wind die Herbstluft ins Gesicht weht, weiß ich, dass ich wieder zurückgekommen bin. Es riecht anders, irgendwie schal, die Luft hier hat gar keinen Eigengeruch. Es riecht steril, nicht nach Lachen, nicht nach Leben, nicht nach Leid und nicht nach Liebe. Das alte, fette Deutschland riecht einfach nach gar nichts.

Ich sammle mein Zeug zusammen, stopfe meinen MP3-Player in den Rucksack, ziehe meine abgelatschten Turnschuhe an und suche den Boden unter dem Sitz ab, um nichts liegen zu lassen. Die letzten 45 Minuten in diesem Flugzeug waren wie eine Zeitreise in die 1970er. Die Ersatzmaschine von London nach Frankfurt ist ein älteres Modell. Außen vermutlich gut gewartet, innen aber komplett in orange und braun gehalten. Der Teppich hat orangene Kreise mit schwarzen Punkten und sieht aus, als hätte er 100 Augen. Auf diese Weise bildet das Flugzeug die perfekte Kulisse für die Gedankenfetzen, die in meinem Kopf schon seit Stunden kreisten. Ich bin zurück in Deutschland. Eigentlich sollte ich froh sein oder erleichtert. Ich bin es nicht. Hier erwartet mich niemand, und deshalb stelle ich auch keine großen Erwartungen an meine eigene Rückkehr.

Mein linker Arm ist nicht zu gebrauchen und hängt in einer kleinen Schlinge. Wenn ich ihn zu oft bewege, fängt es sofort wieder an zu pochen. Die Finger, die vorne am Verband herausschauen, sind rot, warm und leicht angeschwollen. In Delhi war der Verband für eine paar Minuten weiß gewesen, jetzt ist er aschgrau.

Ich bin schon seit Stunden auf den Beinen. In Delhi habe ich mich in einem kleinen Tumult am Schalter um meine Bordkarte fast prügeln müssen, um überhaupt noch einen Rückflug zu bekommen. Jetzt bin ich unendlich müde.

Ich habe Deutschland und meine Heimatstadt Hamburg nicht wirklich vermisst. Man sagt ja, dass dem Hungrigen die Speise immer angenehm in der Nase liegt, während der Gesättigte Widerwillen empfindet. Als ich die feuchte kalte Herbstluft einatme, wird mir fast übel.

Langsam leert sich das Flugzeug, ich bleibe in einer Nische stehen und warte, um mich nicht im Gang von irgendwelchen Leuten anrempeln lassen zu müssen. Die Schmerzmittel sind verbraucht, und jede aktive oder passive Bewegung meines Arms schickt sofort Schmerzimpulse in mein Gehirn, um mich sofort wieder an alle meine Fehler und mein Ungeschick zu erinnern. Ich muss schnell eine Apotheke suchen und ein möglichst starkes Mittel finden.

Mein zerknitterter Reisepass liegt verloren in den großen Händen des BGS-Beamten, der darin gleichgültig hin und her blättert. Er hält den Pass hoch, und sein Blick pendelt zwischen meinem Foto auf der ersten Seite und meinem Gesicht hin und her. Er seufzt vernehmlich, klappt den Pass zu und schiebt ihn über den Tresen. Beim Weggehen beobachte ich aus dem Augenwinkel, wie er sich über die rote Farbe an seinen Fingern wundert und misstrauisch daran reibt. Ich habe das Passkontroll-Häuschen fast passiert, als sich die Seitentür nochmal öffnet und ein Beamter mir anzeigt, mich umzudrehen. In seinem Blick lese ich:
Du weißt doch genau warum!
Hinter mir beginnt ein Pärchen zu tuscheln.
Ich soll meinen Pass noch einmal zeigen.

„Ihnen ist doch wohl klar, dass ihr Ausweis ein Bundesdokument ist! Wie kommt die Farbe hier rein?"
Ich zucke mit den Schultern. Ich habe keine Lust etwas zu erklären, von dem ich weiß, dass sie es sowieso nicht verstehen würden. Ich kann hören, wie der Mann hinter mir mit lehrerhafter Stimme seiner Begleiterin erklärt, dass es in einigen Ländern sogar verboten ist, Geldscheine zu beschmutzen und man verhaftet werden kann, wenn man seinen Pass nicht gut behandelt.
Mein Pass fällt fast auseinander.
Seine Begleiterin kichert erregt, und als ich mich zu ihr umdrehe, wirft sie mir mit ihren arroganten Augen

einen mitleidvollen, aber strengen Blick zu. Sollen sie mich doch verhaften. Es ist mir egal.
Natürlich lassen sie mich nach der Standpauke gehen.

Das Gepäckband dreht schon seine Runden als ich ankomme. Mein Gepäck ist auf einen kleinen grauen Seesack zusammengeschrumpft. Das Meiste, was ich als so wichtig erachtet habe, ist mir in Indien verlorengegangen. Es fühlt sich gut an, mit leichtem Gepäck zu reisen.
Im Ankunfts-Terminal finde ich eine Apotheke und kaufe eine Schachtel Tabletten. Zwei davon nehme ich noch in dem Laden und schlucke sie mühsam ohne Wasser herunter. Die Apothekerin starrt mich an, als wäre ich ein Junkie, der sich in ihrem Laden Heroin drückt.
Ich kenne mich auf dem Bahnhof des Frankfurter Flughafens kaum aus, aber die unfehlbaren deutschen Schilder mit ihrer schönen, klaren und sachlichen Beschriftung weisen mir den Weg zum Fernbahnhof einige Etagen tiefer. Alles ist modern, alles ist sauber, Vieles glänzt. Ich gehe durch die röhrenförmigen Hallen immer weiter geradeaus, wie ein Hamster, der sich in einer gigantischen Rohrpostanlage verirrt hat. Wie fühlt sich jemand, der das alles in seiner glitzernden Pracht und nüchternen Funktionalität noch nie zuvor gesehen hat?
Ich will einfach nur schlafen. Standardfrage zum Überprüfen depressiver Neigungen: Haben Sie manchmal den Wunsch einzuschlafen und nicht wieder aufzuwachen? Antwort: Es wäre mir vollkommen egal, *wenn* ich nur einfach schlafen könnte.

Die Schlange am Ticketschalter besteht aus drei Leuten. Ein Geschäftsmann mit grauem Mantel über dem Anzug und Aktentasche schaut auf seine üppige Omega und bläst gestresst die Luft zwischen den Zähnen hindurch. Innerlich muss ich grinsen. Ich habe mich an weitaus längere Menschen-Schlangen gewöhnt. Sie sind an sich schon ein unermesslicher Luxus. Ein Zeichen für Disziplin und Ordnung im Chaos. An der Art der Schlange kann man überall die Nationalität der Anstehenden ablesen. Beim Gedanken, wie die Dame am Ticketschalter auf einen Belagerungszustand durch 100 Männer mit Schnurrbart reagieren würde, muss ich wieder grinsen.
Meine zerkratzte Visa-Karte bezahlt das Ticket nach Hamburg. 106 Euro für den Luxus einer Vier-Stunden-und-Fünf-Minuten-Fahrt. Schneller geht es nicht.

Mir ist kalt. Die Haut auf meinen Händen schuppt sich, und zum ersten Mal fange ich an, mich in dieser Umgebung schmutzig zu fühlen. Auf der Toilette schaue ich nach langer Zeit wieder in den Spiegel. Ich könnte mir genauso gut das Cover irgendeiner Zeitschrift vor das Gesicht halten. Niemals habe ich erwartet, mir selbst einmal so fremd werden zu können. Erst jetzt verstehe ich die Blicke der Menschen im Flugzeug, an den Schaltern, in der Apotheke. Ich sehe merkwürdig aus. Mein Gesicht ist braun. Es hat aber nicht die durchschnittliche Bräune eines netten Urlaubs, es sieht ledern aus, glänzend und gegerbt. Hautstellen mit alten Moskitostichen am Hals sind heller geblieben. Meine Augen sehen aus wie mit einem Kajalstift geschminkt und die

Wangenknochen sind prominenter geworden. Am beeindruckendsten für mich ist jedoch, dass der Mann im Spiegel einen Bart hat. Wenn ich mir früher über mein Gesicht gestrichen hatte, fühlte ich immer nur eine dünne Flaumschicht, die mein Kinn und meine Oberlippe bedeckte. Doch jetzt ist alles zugewachsen, ich kann keine freie Haut zwischen Oberlippe und Hals mehr erkennen. Mit beiden Händen schöpfe ich mir Wasser ins Gesicht. Ich trockne mich nicht ab, sondern gehe sofort raus in den kalten zugigen Bahnsteig-Tunnel. Die stechende Kälte im Gesicht belebt mich kurz.

Die kleinen schwarzen Ziffern der Bahnhofsuhr werden von den dicken klobigen Zeigern aufs Korn genommen, so als zeigte jemand mit dem ausgestreckten, spitzen Finger auf einen Gefangenen und sagte: *Du! Herkommen!*
Meine Gedanken kreisen, die Schmerzmittel beginnen langsam zu wirken. Die allmähliche Ausblendung des pochenden Schmerzes hat fast eine euphorisierende Wirkung auf mich. Der ICE *Stuttgart* fährt zügig ein und hält, ohne beim Bremsen quietschende Geräusche zu verursachen, fast lautlos. Ich muss unwillkürlich an etwas Sanftes denken. Das Sanfteste, was ich mir im Moment vorstellen kann, sind Alex und Nora. Alex und Nora sind meine Freunde. Ich habe Ihnen geholfen, und sie waren für mich da. So machen das Freunde füreinander. Positive Energie geht nicht verloren. Ich hoffe, dass es ihnen jetzt gut geht. Sie haben es wirklich verdient. Ich suche mir ein schönes Abteil aus und hoffe, dass ich dort alleine bleiben werde. Der Leinensack steht auf dem Platz neben mir, ihn hoch auf die Gepäck-

ablage zu wuchten, sehe ich mich nicht im Stande. So kann ich mich seitlich gegen ihn lehnen. Mit dem entsprechend fest gestopften Inhalt vermittelt er das Gefühl eines großen, starken Freundes, an den man sich beruhigt anlehnen kann.
Der Zug fährt langsam, kaum spürbar an.
Noch nie habe ich das Gefühl gehabt, dass meine Gedanken mir nicht mehr gehorchen könnten. Mein Gehirn und alle Erinnerungen sind wie eine Filmrolle, die sich beim Abspielen verheddert hat. Einzelne, stockende Bilder erscheinen auf der Leinwand, aber alles völlig verwackelt durch die unbedarften Bemühungen des Filmvorführers, die Filmrolle möglichst schnell wieder richtig einzufädeln, bevor das Kopfkinopublikum randaliert und sein Geld zurück verlangt. Der Film hat drei Hauptdarsteller. Zwei von ihnen sind richtig wichtig. Der dritte nicht so sehr.
Ich bin der dritte.

Ich taste in der Tasche meiner verdreckten, speckigen Fleecejacke und finde den iPod. Der Bildschirm funktioniert nicht mehr, aber wenn ich lange genug herum probiere, kann ich noch die Random-Funktion aktivieren. Ich lehne mich zurück an mein Gepäck und schließe die Augen. Das blinde Bedienen eines iPods mit defektem Display hat etwas Gutes: der Zufall ist dann mein DJ, und fast immer beweist er einen ausgezeichneten Geschmack dafür, die passenden Lieder für meine Stimmungen zu finden.

Play und *Rewind* liegen nahe beieinander. Wie in meinem Leben. Die Musik startet. Die Erinnerungen an die bewegendsten Momente werden zurückgespult. Die Reise beginnt von vorn.

Als erstes kommt ein einfacher Basslauf. Ich stelle mir vor, wie die Band im Nebel, bei ausgeschalteten Scheinwerfern, nach und nach auf die Bühne steigt. Die Gitarre kommt dazu, die Verzerrung ist schon bis zum Anschlag aufgedreht, aber noch dämpft der Handballen die meisten Saiten ab. Das Schlagzeug fängt mit der Snare Drum an und wird immer lauter. Alle spielen im gleichen Rhythmus. Nur zwei Takte. Drei Leute stehen zusammen im Dunkeln auf der Bühne, sie verstehen sich ohne Worte. Es braucht nur einen Blick untereinander, und im nächsten Moment, in dem die Scheinwerfer ganz aufgeblendet werden, knallt der volle Sound aus den Verstärkern. Die erste Liedzeile, die nur geschrien werden kann, weil sich die ganze aufgestaute Energie gleichzeitig entlädt, klingt durch die Kopfhörer:
Ist das ein Blatt in deinem Haar, oder der Herbst, der in mir drin ist?

Siegburg/Bonn, 19:47

Die Luft riecht nach Seetang. Es ist warm und ich sitze an einer Hafenmauer. Meine Beine baumeln herunter. Wenn das Wasser eine kleine Welle schlägt, berührt es sacht meine nackten Fußsohlen. Eine Fähre fährt langsam rückwärts an den Anleger. Die Heckklappe öffnet sich und zeigt das Innere. Alles ist rosa. Die Wände sind mit plüschigen Kissen verkleidet, der Boden komplett mit dicken Matratzen belegt. Asiatisch aussehende Helfer machen die Fähre mit dicken Tauen an der Rampe fest. Dabei stolpern sie häufig, denn die weiche Polsterung gibt immer wieder nach und die Arbeiter sinken ein. Ein Lieferwagen fährt rückwärts an die Rampe heran. Die Tür wird geöffnet und hinten trabt ein noch nicht ganz ausgewachsener rosa Elefant heraus. Der Elefant trompetet laut mit dem Rüssel und streckt ihn steil von sich weg. So wird er über die Rampe in den Laderaum geführt. Ich kann den Elefanten kaum noch erkennen, weil alles rosa heraus schimmert. Das Trompeten des Elefanten wird immer leiser, als sich die Ladeluke schließt. Die Fähre legt langsam ab. Meine Füße werden von einer Welle ganz umspült.

Nora

Ich hatte schon von vielen Leuten gehört, dass Indian Airlines nicht gerade die verlässlichste Fluglinie sein sollte. Zumindest war sie für den Hinflug die billigste. Vier Stunden Verspätung hatte ich schon abgesessen. Zwei Stunden lagen, den großen Anzeigen zufolge, noch vor mir.
Flughäfen hatten schon immer eine gewisse Faszination auf mich ausgeübt. Knotenpunkte weitläufiger Luftverbindungen, die in großen Netzen die ganze Welt umspannten. Hier lief alles zusammen. Reisende, Suchende und: Flüchtende.
Mein kleines Notebook lag aufgeklappt auf meinen Beinen. Mittlerweile saß ich so lange im Schneidersitz, dass die Füße anfingen zu kribbeln. Den Rucksack packte ich mir hinter den Kopf und streckte mich ganz aus. Zum hundertsten Mal öffnete ich die E-Mail, die ich als Datei auf dem Desktop abgelegt hatte: ein gescanntes Dokument, imposanter Briefkopf, klare Worte im Anschreiben. Kein geringerer als Johann Wolfgang von Goethe schaute souverän aus seinem Emblem-Rahmen auf mich herunter. Der Leiter des Instituts in Neu Delhi hatte sich mehr als gewählt ausgedrückt, wahrscheinlich musste man dort einfach so schreiben, wenn man sich mit Goethe schmückte.
„Sehr geehrter Herr Kemper,
bezugnehmend auf ihre zahlreichen Schreiben der letzten Monate ist es uns eine außerordentliche Freude Ihnen mitteilen zu können, dass sie als Gastredakteur angenommen wurden. Ihre Beschäftigung

erfolgt zunächst auf Probe und ist auf ein halbes Jahr befristet...“ – usw.
Mein genialer Plan war aufgegangen. Wochenlang hatte ich das Institut in Neu Delhi mit meinen Bewerbungsanschreiben gelöchert. Dabei war es mir egal, dass zuletzt vermutlich nur das Empfehlungsschreiben meines Vaters die Stelle locker gemacht hatte. Schon in meinem Journalismus-Studium hatte ich mir nichts mehr gewünscht, als im Ausland zu arbeiten, und im besten Fall vor Ort zu sein und zu berichten, wenn irgendwo Geschichte geschrieben wurde. Die Aussicht, in Neu-Delhi dem Institut dabei zu helfen, Deutschland im Ausland souverän zu repräsentieren, war zwar nicht ganz das, was ich mir vorgestellt hatte, aber immerhin ein Anfang. Ich wusste, ich würde in einer Millionen-Metropole leben.
Andere Menschen, anderes Essen, andere Gedanken.

Seit vier Monaten hatte ich auf die Abreise gewartet. Mein Examen hatte ich schon seit einem Jahr in der Tasche, und so langsam spürte ich den unterschwelligen Druck meiner Eltern, endlich ganz auf eigenen Füßen stehen zu müssen.
Die Vorstellung eines geregelten, jeden Tag gleich verlaufenden und vermutlich ausnahmslos langweiligen Reporterjobs in irgendeinem engen Büro in Deutschland erschreckte mich. Bisher hatten sich die wichtigen Weichen in meinem Lebensweg immer von alleine gestellt. Es Zufall zu nennen wäre vermutlich zu viel gewesen. Wenn ich an das Schicksal glauben würde, wäre es wahrscheinlich am ehesten ihm zuzuschreiben, dass ich nun hier saß und wartete.

Weil mir die Zeit des Wartens zu lang wurde, hatte ich schon sehr zeitig angefangen Texte und Kolumnen über Deutschland zu schreiben. Ich wusste, dass mir vor Ort genug Freiraum über die Themenauswahl gewährt werden würde. Über die Wochen hatte sich so schon eine hübsche Anzahl von Artikeln angesammelt. In Gedanken sah ich mich selbst vormittags kurz im Institut reinschauen und irgendeinen kleinen Beweis meines Engagements abliefern, um dann ab mittags die Stadt und das Land zu erkunden. An den gängigen Socialising-Terminen würde ich natürlich teilnehmen, aber ansonsten konnte mir das Institut gestohlen bleiben. Für mich war es nur ein Mittel zum Zweck. Bezahlte Unterkunft, ein kleines Gehalt und ein halbes Jahr in Indien. Mein Plan war also im Begriff umgesetzt zu werden, und ich fand ihn genial.

Wenn man sich zu dem Gefühl Fernweh ein Geräusch aussuchen müsste, dann war es für mich das ratternde Geräusch der Namenswechsel auf den Abflugtafeln: *Kuala Lumpur, Hong Kong, Kapstadt, Taipeh.*

Diese Namen zogen mich schon seit ich ein Kind war, und diesen Flughafen häufig mit meinem Onkel besucht hatte, in ihren Bann. Hier begegnete man Menschen mit Turban, alten Männern mit weißen, langen Bärten im Kaftan oder großgewachsenen Texanern mit Cowboy-Hüten und Stiefeln. Schon ein kurzer Aufenthalt im Terminal reichte aus, um die Luft der großen, weiten Welt zu schnuppern.

Am Gate saßen etwa 200 Fluggäste, die meisten in sich ruhend und still, wenige einzelne in Krawatte und Anzug nervös auf und ab gehend.

Mobiltelefon-Geräusche. Widerhall ihrer Stimmen.
Es war gerade mal 11 Uhr vormittags und ein gehöriger Teil der Business–Leute hatte sich an eine Bar gesetzt. Man trank Bitburger. Ich beobachtete sie eine Weile und entschied mich nach längerem Grübeln, auch eins zu kaufen. Ich kam mir dabei allerdings so blöd und beobachtet vor, dass ich das Bier einfach nur kurz in mich hinein stürzte und danach wieder meinen Platz auf dem Boden einnahm. Das Geld hatte ich schnell abgezählt und auf den Tisch gelegt. Die Kellnerin starrte mir verwundert nach. Eine wohlige Wärme breitete sich danach in meinem Körper aus. *Eine kurze, kumpelhafte Umarmung vom Bier.* Leicht angetrunken um 11 Uhr vormittags. Gar nicht so übel eigentlich.
Schräg gegenüber saß eine Frau, die etwa 30 Jahre alt war und braune, lange Haare hatte. Sie war mir schon beim Einchecken aufgefallen. Von den wenigen Europäern, die in der Schlange standen, war sie die einzige, die keine Trekking-Hose oder ein tropentaugliches Funktionshemd trug. Sie war einfach ganz normal gekleidet. Ihre Beine steckten in etwas abgetragenen Jeans, dazu trug sie ausgelatschte, blaue Turnschuhe und eine grüne Fleecejacke.
Sie sah sehr natürlich aus – und das machte sie hübsch.

Als sie wieder in meine Richtung schaute, trafen sich unsere Blicke.
Eigenartige Vertrautheit.
Sie hatte ein schmales Gesicht mit feinen Zügen, ihre Augen sahen müde aus. Als Handgepäck hatte sie nur eine dünne, schlauchförmige und wasserdichte

Tasche, wie sie beim Kanufahren verwendet wird. Als sie merkte, dass sich unsere Blicke getroffen hatten, flog ein kurzes Lächeln über ihr Gesicht, dann wendete sie wieder den Kopf ab und vertiefte sich in ihr Buch.
Bis die säuselnde Stimme der Flugbegleiterinnen schließlich zum Boarding aufrief, war ich zweimal eingeschlafen. Die Schlange am Gate hatte sich schon zu drei Vierteln in den Bauch des Flugzeugs eingefädelt, als ich auch aufstand und mich anstellte. Ich schaute starr geradeaus.
Da war sie wieder. Genau vor mir. Sie las und schob dabei, ganz in ihre Lektüre vertieft, ihre Tasche mit dem Fuß vorwärts. Dann klappte sie ihr Buch kurz zu und sah sich um.
Mein Blick fiel zuerst auf das Buchcover, dann auf sie. Ich lächelte, und ohne lange zu überlegen, sagte ich:
„Du stehst auf *Gonzo*?“
Sie schaute mich ratlos an.
„Du liest Hunter S. Thompson.“ Dabei zeigte ich auf ihr Buch.
„Mein Lieblingsschriftsteller.“
Jetzt lächelte auch sie.
„Ja, ich habe bloß gerade erst angefangen, keine Ahnung was du mit Gonzo meinst.“
Sie zeigte mir mit dem Finger, dass sie erst etwa zehn Seiten gelesen hatte.
„Aber du hast Recht, schon das Vorwort ist einzigartig“
Sie blätterte ein paar Seiten vor. Inzwischen standen wir kurz vor dem Eingang zum Gate. Erneut nahm sie das Buch und sagte:

„Er vergleicht das Schreiben mit Sex. Es mache nur den Leuten Spaß, die es nicht tun *müssen.*"
Ich antwortete amüsiert:
„Ich weiß, und dann schreibt er zu dem Vergleich, dass alte Huren nicht viel zu lachen haben."
Jetzt schmunzelte sie. Ich musste auch lachen.
„Da steckt natürlich eine große Wahrheit drin", sagte ich mit humorvollem Unterton.

Eigentlich stimmte es vollkommen und traf für mich in jedem Fall zu. Ich hasste es, wenn ich schreiben musste und produzierte unter Druck meistens nur zusammenhanglose Texte, die nicht einmal ich selbst ein zweites Mal hätte lesen wollen. Nicht gerade die beste Eigenschaft für einen Journalisten.
Dann stand sie vor dem Gate und wurde um ihre Boarding-Karte gebeten. Während das Gerät ihr Ticket scannte, drehte sie sich wieder zu mir um.
„Guten Flug!"
„Danke, dir auch. Und viel Spaß beim Lesen!"
Sie lächelte und ging ins Flugzeug.

Weit weg gehen, um später zurückzukommen und festzustellen, was sich verändert hat.
Dachte ich mir kurz, als ich die Schwelle der 747 überschritt und von den indischen Flugbegleitern begrüßt wurde. *Würde sich überhaupt etwas verändern können?*

Ich musste mich nicht weit durch die Gänge quetschen. Beim Einchecken hatte ich all meine Überredungskünste aufgeboten und mir einen Platz weit vorne am Notausgang erbettelt. Ich verstaute meinen Rucksack, setzte mich und sah acht Stunden mit per-

fekter Beinfreiheit und einem hoffentlich erholsamen Schläfchen entgegen.
Als ich mich gerade eingerichtet hatte, kam eine mild lächelnde indische Stewardess zu mir. Hinter ihr stand eine junge Frau mit einem niedlichen, sehr kleinen Kind auf dem Arm. Es konnte kaum älter als ein Jahr sein und trug schon kleine Goldreife um die Handgelenke.
Ich hatte mich eindeutig zu früh gefreut. Ich sollte die Sitzplätze tauschen. Wer hätte angesichts der kleinen Familienidylle eine Diskussion angefangen? Etwas säuerlich lächelnd sammelte ich meine Sachen wieder ein. 12 A gegen 56 F. Den hinteren Teil von großen Flugzeugen mochte ich nicht. Irgendwie hatte ich immer ein mulmiges Gefühl, wenn ich hinten sitzen musste.
Die Maschine roch nicht wie andere Flugzeuge. Hier lag schon von der ersten Minute an ein würziger Geruch in der Luft. Kardamon, Curry und Menschen, so etwas in der Art.
An einem offenen Handgepäckfach lagen Zeitschriften aus.
Von Weitem sah ich das typische Gelb der National Geographic Magazine und freute mich. Gerade als ich mir die letzte Zeitschrift nehmen wollte, drängelte sich ein übergewichtiger, bärtiger Herr mit gelbem Turban vor und nahm sich alle Ausgaben. Den kargen Rest der Zeitungen, der mich noch interessiert hätte, sackte er ebenfalls ein. Als ich schließlich in das Fach griff, war nur noch ein Frauenmagazin übrig. *12 Frisurentrends im Sommer, Großes Strick-Extra, Glitzer-Pumps selbst designen.* Ich atmete tief ein. Nun denn, vielleicht besser als gar nichts.

Ich hatte den Blick kaum von der oberen Leiste abgewendet, um die Sitznummern abzulesen. Als ich bei 56 angelangt war, schaute ich nach unten. Sie schaute im gleichen Moment zu mir auf. Ich hatte das Gefühl rot zu werden, ohne genau zu wissen warum.
Sie ließ ihr Buch sinken. Ihre Augen waren schiefergrau.
„So, und du liest also gerne etwas über Frisuren und Stricken?"
Ich schaute zu ihrem Ablagefach an der Sitzlehne, in dem sie von jeder verfügbaren Zeitung und Zeitschrift ein Exemplar vorrätig hatte.
„Kein Wunder, wenn du alle Zeitungen hamsterst!" Sagte ich gespielt beiläufig.
Sie lächelte kurz und las weiter in ihrem Buch.
Als ich den Rucksack verstaut, und mich am Platz eingerichtet hatte, streckte ich ihr meine Hand entgegen.
„MORITZ."
Sie schaute vom Buch auf und nahm meine Hand. Ihr Händedruck war fester, als ich es erwartet hatte. So als galt es, von vorneherein irgendetwas klar zu stellen, von dem ich noch nicht wusste, was es war.
„NORA."
Sie hielt meine Hand weiter in ihrer, während sie etwas schelmisch einwarf:
„Ist es nicht so, dass, wenn man sich durch Zufall drei Mal hintereinander trifft, Getränke-Einladungen ausgesprochen werden müssen?"
Ich lächelte.
„Ja genau, ich lade dich gleich auf einen Tomatensaft ein!"

Nach eineinhalb Stunden in der Luft gab es das erste Mal etwas zu essen. Chicken Curry mit Reis, was auch sonst. In der Zwischenzeit hatten wir nicht viel geredet. Nora las in ihrem Gonzo-Buch und ich in einem National Geographic, den sie mir zuvor mit einer mitleidigen Geste in die Hand gedrückt hatte.
Mittlerweile war ich der Stewardess für meinen erzwungenen Umzug sogar etwas dankbar. Nora war nett und ich fühlte mich in ihrer Gegenwart wohl.
Als das Essen vor uns stand, knisterte ich mit dem eingeschweißten Plastikbesteck und versuchte, Messer und Gabel herauszubekommen. Nora legte ihr Buch zur Seite und öffnete die Alu-Abdeckung ihres Schälchens. Dann griff sie ganz gelassen mit der Hand in ihr Essen und verrührte mit dem ausgestreckten Zeigefinger die Currysoße mit dem Reis, um sich anschließend eine Handvoll davon in den Mund zu stopfen. Kauend sah sie mich an. Ein kleiner Spritzer Soße prangte auf ihrer Wange wie ein Schönheitsfleck. Ihr Blick hatte etwas Triumphierendes. Wieder hatte ich das Gefühl, aus Gründen, die ich selbst nicht verstand, vor ihr rot zu werden. Während ich das Plastikbesteck beim Essen benutzte, kam ich mir blöd vor.
„Du warst schon mal in Indien, oder?"
„Ja, eine Weile. Du noch nicht, oder?"
Obwohl ich nicht wusste ob es sie interessierte, fing ich an, ihr von meinen Plänen in Indien zu erzählen. Sie nahm es eher unbeeindruckt auf. Ihre Augen wanderten einmal an mir herunter und wieder herauf. Dann sagte sie entschlossen:
„Klingt für mich, als würdest du vor irgendetwas weglaufen."

Ohne ein weiteres Wort zu sagen, kletterte sie dann über mich und ließ mich mit meinem Curry und ihren klaren Worten allein.

Als sie zurück kam, hatte ich aufgegessen und die Tabletts waren bereits abgeräumt. Sie stand einen Augenblick lang vor mir und stemmte eine Hand in ihre Hüfte. Dann band sie ihre Haare hinter dem Kopf zusammen und beugte sich zu mir herunter.
Jede Bewegung eine makellose Inszenierung.
Sie näherte sich meinem Kopf und sagte, fast flüsternd:
„Wieso hast du mich vor ein paar Stunden am Schalter, bei der Gepäckaufgabe, eigentlich so angestarrt?“
Was war das denn für eine Frage? Ich kam überhaupt nicht mehr heraus aus dem beschämenden Gefühl.
„Ich habe dich nicht angestarrt. Du bist mir nur irgendwie, äh, aufgefallen.“
Sie lachte. Böse schien sie jedenfalls nicht zu sein, und ganz so ernst nahm sie die Sache wohl doch nicht. Ich entspannte mich wieder etwas.
Nora stand auf und streckte ihre dünnen Arme in die Höhe, dann fragte sie:
„Kennst du *François Truffaut*?“
„Diesen französischen Regisseur?“
„Hast du jemals einen Film von ihm gesehen?“
„Ich glaube nicht.“
„Da hast du wirklich etwas verpasst. Es gibt einen großartigen Film von ihm: *Der Mann, der die Frauen liebte*. Der ist, glaube ich, aus den Achtzigern.“
Ihre Augen leuchteten und ich hatte keine Ahnung, warum sie mir das erzählte.

„Also… da gibt es diesen Typ in dem Film, der steht total auf Frauenbeine. Überall wo Frauen herumlaufen interessieren ihn als erstes immer nur die Beine, und er glotzt ihnen ständig hinterher. Trotz seiner kauzigen Art kommt er meistens ziemlich gut bei den Damen an und hat ständig irgendwelche Abenteuer. Irgendwann schreibt er dann ein Buch über seine Affären. Eines Tages wird er auf der Straße angefahren, weil er wieder einmal zu viel geglotzt hat.“
„Das ist tragisch…“
„Ja, aber das Ende ist noch tragischer, weil er dann im Krankenhaus liegt und schließlich stirbt, als er sich selbst aus Versehen den Infusionsschlauch herauszieht. Das alles passiert aber nur, weil er sich zu weit vorbeugt, um die Beine der Krankenschwester zu sehen!“
Ich musste grinsen. Sie stieg wieder, wie selbstverständlich, über mich, um auf ihren Sitzplatz zu gelangen, dabei sagte sie leise:
„Tja, manche Männer sind eben Starrer!“
„Aber ich habe nicht gestarrt!“ Stieß ich entrüstet hervor.
„Wie du meinst, du weißt ja jetzt, wo Starren hinführen kann.“
Irrte ich mich, oder hatte Nora mich bei dem letzten Satz angezwinkert?
Sie hatte wirklich Talent, mich, mit allem was sie sagte, in ihren Bann zu ziehen. Gleichzeitig bewirkte sie aber, dass ich mir äußerst blöd vorkam. Eine abstruse Mischung aus zwei gegensätzlichen Gefühlen.
„So, und warum fliegst *du* nach Indien? Sinnfindung, Yoga-Seminar oder Urlaub?“

Schon während mir diese Worte in etwas lapidarem Tonfall über die Lippen kamen, hatte ich das unbestimmte Gefühl, damit kräftig in ein Fettnäpfchen zu treten.
Nora sah mich sehr ernst an. Dann wich der strenge Ausdruck für einen Moment aus ihrem Gesicht und sie sagte:
„Nicht ganz."
„Sondern?"
„Ich versuche, meinen Vater zu finden."
Ich schluckte kurz.
„Entschuldigung. Erklärst du es mir?"
Für einen kurzen Moment schämte ich mich für meine offensichtliche Neugier, erinnerte mich dann aber an ihr dreistes Verhalten von eben. Außerdem gehörte eine gesunde Portion Neugier zu meinem Beruf, warum nicht gleich hier damit anfangen? Ich schaute sie erwartungsvoll an.
Nora zögerte.
„Da muss ich aber weit ausholen. Willst du das wirklich?"
„Klar."
Dazu nickte ich bestimmt.
Sie zuckte gleichgültig mit den Schultern, klappte dann aber ihren Tisch hoch und zog ihre Beine an ihren schmalen Körper.
Dann stützte sie ihr Kinn auf ihre Knie und fing an, in einem ruhigen Ton zu erzählen. Die Worte kamen ihr dabei so flüssig über die Lippen, dass man den Eindruck bekam, dass sie die Geschichte nicht zum ersten Mal erzählte.
„Meine Eltern haben sich an der Uni kennengelernt. In den Sechzigern studierte mein Vater in Berlin Medizin, meine Mutter wurde Lehrerin. In dem

Sommer, in dem sie ihren Abschluss machten, hatten sie alles andere vor, als mit dem Beruf und einem gewöhnlichen Spießerleben in Deutschland zu beginnen. Es war 1967, der *Summer of Love* hatte begonnen. Freunde aus Amerika berichteten meinen Eltern vom *Human-Be-In* in San Francisco. Mein Vater lernte in diesem Sommer gleich ganze Reden von Timothy Leary über das Recht der Menschen auf freien Zugang zu bewusstseinserweiternden Drogen auswendig.

Alles wurde in Frage gestellt, es mussten vollkommen neue Wege gefunden werden. In einem Psylocibin-Rausch in einer Kreuzberger WG, mit ihren amerikanischen Freunden und Jefferson Airplane im Ohr, fassten meine Eltern deshalb den für sie vernünftigsten Plan: ein Motorrad zu kaufen und aus Europa abzuhauen, um zu den spirituellen Orten, den Orten des wahren und reinen Lebens, der Heimat ihrer einzigen Vorbilder zu gelangen.

Dafür mussten meine Eltern nach Indien fahren. 1968 starteten beide, um mit dem Motorrad dem Hippie Trail zu folgen. Schafsfelljacken und Windbrillen sowie ein kleines Zelt halfen ihnen mit unglaublichem Glück, die unmenschlichen Strapazen auf ihrer Reise über Istanbul und Teheran bis nach Kabul zu überstehen. Na ja, und wahrscheinlich auch eine riesige Menge Dope.“

Nora griff nach ihrem Rucksack und holte einen verknitterten Umschlag heraus, aus dem sie ein ramponiertes schwarz-weißes Foto zog. Die Aufnahme zeigte einen vollbärtigen jungen Mann. Die Augen hell umringt, während das restliche Gesicht tief gebräunt war. Neben ihm stand eine

kleine Frau in zerschlissenen Jeans und Armeejacke vor einem Zelt.
Ich betrachtete das Foto eine Weile. Ein schönes Bild. Ausdrucksstark. Voller Jugend. Eine Ähnlichkeit zu Nora war sofort festzustellen.

„Das Motorrad war mit der Zeit unbrauchbar geworden und wurde kurzerhand einem lachenden Paschtunen geschenkt. Von Kabul nach Goa war es, gemessen an der gesamten Strecke, nur noch ein überschaubarer, kurzer Weg.
Meine Eltern fuhren noch ein Stück mit dem Zug, den Rest der Strecke trampten sie, bis sie in Goa ankamen. Sie beschlossen, dort erst mal zu bleiben. Goa schien für meine Eltern der perfekte Ort, um mit der geplanten Familiengründung zu beginnen. Mein Vater fing an, mit einem Goanesen eine Kautschukmaschine in einer kleinen Hütte am Strand zu bedienen. Damit konnten sie das zum Leben Notwendigste bezahlen. Meine Mutter saß währenddessen am Strand und webte bunte Tücher in ihrer kleinen Kommune. Sie wollte sich einfach nur ihrem anspruchslosen Egoismus hingeben und ihren psychedelischen Familientraum leben."
Nora lachte verbittert, dann erzählte sie weiter.

„Meine Mutter liebte das freie Leben. Mein Vater fing an Zweifel an dem ganzen Konzept „freie Liebe" zu bekommen. Besitzansprüche an den Körper des Anderen zu stellen, gefiel meiner Mutter überhaupt nicht. Ich war keine 4 Wochen alt, als sie in einer Vollmondnacht, im Monsunregen am Strand, mit einem Dänen schlief. Mein Vater wusste das, hoffte aber insgeheim noch, wir könnten als Familie zusammenhalten."

Nora erzählte weiter. Erregung und Wut waren in ihrer Stimme.
„Aber sie vögelte sich weiter durch die gesamte Kommune. Mein Vater war so betroffen und verletzt, dass er eines Nachts, ich war etwa drei Monate alt, den kleinen Bus seines Kompagnons mit 150 kg Rohkautschuk bepackte, und die Frau, die er liebte, und seine Tochter, die sich nie richtig an ihn erinnern würde, verließ. Meine Mutter hatte jetzt zwar ein Kind, aber das späte, dafür, sehr durchdringende Bewusstsein, den Mann ihres Lebens verloren zu haben, zwang sie, nach noch mehr und noch tieferer Erkenntnis zu suchen. Sie redete sich ein, den Sinn ihres Lebens weiterhin finden zu müssen. Ein Mann, der sich selbst Bhagwan Shree Rajneesh nannte, schien ihr auf diesem verkorksten Selbstfindungstrip die richtige Führung zu sein. Meine Mutter nahm mich und den Dänen und brachte uns nach Poona."

In ihren Worten konkurrierte Spott mit Wehmut.

„Ich wurde sechs Jahre alt, sprach inzwischen schon ganz gut Hindi und verbrachte die meiste Zeit im Ashram in kleinen Kindergruppen, in denen ich alles tun und lassen konnte, wie es mir gerade gefiel. Aufsichtspersonen gab es keine. Meine Mutter kümmerte sich wenig um mich, weil sie lieber die meiste Zeit nackt an umfangreichen Gruppenmeditationen teilnahm.
„Einer sozialen Revolution musste eben eine sexuelle Revolution vorrausgehen!"

Nora verdrehte die Augen. Dann nahm sie eine kleine Wasserflasche und trank einen Schluck. Dabei schaute sie aus dem Fenster und schüttelte über ihre eigenen Gedanken den Kopf.
„Da war so ein Typ in einem der Seminare, die meine Mutter besuchte. Er behauptete, er hätte einen Apparat erfunden, mit dem er Lebensenergie in Form von kleinen Bläschen isolieren konnte. Meine Mutter hatte sich sogar schon solch einen ‚Akkumulator' von ihm gekauft, in den die Energie dann zu therapeutischen Zwecken eingesetzt werden sollte. Kannst du dir so einen Schwachsinn vorstellen?"
Ich nickte bestätigend.
„In der übrigen Zeit kümmerte sich meine Mutter mit den anderen Bhagwan–Anhängern um die Unterhaltssicherung des Ashram. Kurz nach meinem sechsten Geburtstag überschlugen sich dann die Ereignisse, und meine gewohnte Welt, mit den orangenen Gewändern, den vielen nackten Menschen und der ganzen Karnevalsumgebung, brach von einem auf den nächsten Tag zusammen."
„Was ist passiert?"
„Du wirst es nicht glauben, aber manchmal führen die banalsten Zufälle dazu, dass sich alles verändert!
Der Däne wurde beim Opiumschmuggeln erwischt und verschwand, ohne je wieder aufzutauchen, in irgendeinem Gefängnis. Ganz nebenbei hatte ich mir an diesem Tag ganz alleine die Haare gewaschen. Eine Freundin meiner Mutter hatte mir ein kleines eingeschweißtes Shampoo-Tütchen geschenkt. Da solche Artikel im Ashram eher Seltenheitswert hatten, war ich natürlich sehr neugierig und drückte mir die ganze Packung auf einmal auf den Kopf. Nachdem meine Haare getrocknet waren, wartete ich

mit meiner Mutter vor der Buddha-Halle auf die furchtbar langweilige wöchentliche Ansprache von Bhagwan. Vor der Tür hatte sich eine lange Schlange gebildet, und kurz bevor wir die Schwelle überschreiten konnten, beugte sich ein Aufpasser runter zu mir und schnupperte an meinen Haaren. Der Aufpasser verzog sofort das Gesicht und stellte sich meiner Mutter in den Weg. Aus einer unglücklichen Verkettung von Missverständnissen, ein paar ungünstigen Remplern und dem aufbrausenden Verhalten der Aufpasser ergab es sich an diesem Tag, dass wir sehr zügig und nicht gerade höflich aus dem Ashram geschmissen wurden. Der Chef-Guru hatte nämlich eine feine Nase und konnte es nicht ertragen, wenn jemand parfümiert seinen Vorträgen lauschte. Diese nicht bestandene Schnupperprobe, die für meine Mutter zur Vertreibung aus dem Paradies geführt hatte, hat sie übrigens nie ganz verwunden.
Auch nach der baldigen Rückkehr nach Deutschland durfte ich nie Shampoos oder Deos benutzen. Es war noch jahrelang so, dass sämtliche Körperpflegeprodukte auf lange Zeit für mich mit einem riesengroßen Vorwurf meiner Mutter verbunden waren."

Die Bordbeleuchtung im Flugzeug war inzwischen ausgeschaltet worden, auf den kleinen Monitoren über uns lief ein Film. Das Rauschen der Triebwerke hatte etwas Einschläferndes. Ich hatte seit Langem einmal wieder das Gefühl für die Zeit und meine Umgebung völlig verloren.
„Und was treibt dich jetzt so an, deinen Vater nach den vielen Jahren zu finden?".

„Ich muss ihn finden, um herauszufinden, ob mein Leben so verlaufen musste. Ich muss ihn finden, um zu verstehen, ob das alles Sinn macht."
„Und wie willst du das anstellen? Hast du irgendwelche Kontakte?"
Sie ignorierte meine Fragen vollkommen und sprach ihre Gedanken etwas träumerisch zu Ende, ohne mich anzuschauen.
„Vielleicht werden wir ja alle in dieser bekloppten Welt von unseren schlechten Erfahrungen seelenmäßig in zwei Teile gesägt. Jeder ist doch immer auf der Suche nach irgendetwas. Vielleicht sucht ja jeder einfach nach der zweiten abgesägten Hälfte von sich selbst!"
„Und du suchst deinen Vater, weil du denkst, dass er deine zweite Seelenhälfte ist?"
„Vielleicht. Irgendwie spüre ich, dass da eine Verbindung ist. Er hat meine Mutter glücklich gemacht. Ich glaube, wäre er dageblieben, hätte alles besser werden können. Gleichzeitig habe ich dieses Gefühl, dass ich ihn zur Rede stellen muss. Ich möchte wissen, warum er mich verlassen hat. Ich habe sozusagen noch eine Rechnung mit ihm offen."
Ein Spruch wie aus einem Italo-Western.
Noras Blick schweifte zwischendurch gelegentlich in die Ferne. In diesen Momenten glaubte ich, einen Eindruck davon zu bekommen, wie alleine sie wirklich war.

Ich erzählte Nora von meinem Vater. Dem namhaften Journalisten, dem vor ein paar Jahren alles zu eintönig, zu zweidimensional wurde. Der seinen Beruf an den Nagel gehängt hatte, sich ein Filmequipment kaufte und anfing, selbstgedrehte Dokus für das Fern-

sehen zu produzieren. Der sich die Haare länger wachsen ließ, auf einmal Motorrad fuhr, und der vor ein paar Jahren meine Mutter mit einer Studentin, die kaum älter war als ich, betrogen hatte.
Wir sprachen im Flüsterton über Eltern, über intakte Beziehungen und ihre unersetzliche Bedeutung für das eigene innere Gleichgewicht. Wir sprachen in langen Sätzen, in Monologen – und ich fühlte mich gut dabei. Dann wurde ich müde. Nora seufzte einmal in die neu eingetretene Stille und lehnte sich mit ihrem Kopfkissen gegen das Fenster. Während ich einschlief, sang eine Band:

In Gedanken baust du ein Denkmal,
mit Plakette wo drauf steht,
was mal war und nie mehr ist,
an einem Ort wo keiner hingeht.

Noras Kopf lag auf meiner Schulter. Sie schlief fest, und ihre Haare dufteten nach einem fruchtigen Shampoo. Beeren und noch etwas von dem Zeug, das frisch gewaschenen Mädchenhaaren diesen verführerischen Duft gibt. Ich beugte mich leicht nach vorne, um ihre Lippen besser sehen zu können. Ihr Atem roch gut. Beim Versuch, ihre ausgeatmete Luft zu inhalieren, beugte ich mich zu weit vor, und sie wachte auf. Ich dachte, sie würde ihren Kopf sofort zurückziehen, doch zu meinem Erstaunen blieb sie liegen, drehte ihren Kopf nur ein wenig um und schloss wieder die Augen. Doch sie schlief nicht weiter.
„Moritz, was hast du geträumt, als du geschlafen hast?“

„Ich bin nur kurz eingeschlafen, ich habe gar nichts geträumt.“ *Log ich.*

In Wahrheit träumte ich ständig sehr absurde Sachen. Dinge, die sich vielleicht sogar toll erzählen ließen und mit denen ich einige Lacher ernten konnte. Aber darauf hatte ich keine Lust.

„Wenn du dir einen Traum aussuchen könntest, der sich in deinem weiteren Leben immer wiederholen würde, was wäre das für ein Traum?“

Ihre Augen waren noch immer geschlossen. Es war dunkel, und ihr Gesicht wurde von der Leselampe des Vordersitzes in ein schwaches, orangenes Licht getaucht.

„Ich weiß nicht… Was würdest *du* dir denn für einen Traum wünschen?“

„Ich habe früher häufig geträumt, ich wäre einer von den *Fünf Freunden* und hatte ganz irre Abenteuer zu bestehen.“

„Auf geheimnisvollen Inseln und so?“

„Genau!“

Ich spürte, wie ihr Kopf wieder auf meine Schulter fiel.

„In diesen Träumen habe ich mich immer sehr stark gefühlt und die Spannung immer als sehr angenehm empfunden. So angenehm, dass ich jetzt noch traurig bin, wenn ich diese Träume habe und zu früh aufwache.“

Dann schlief Nora wieder ein.

Monotones Düsenjetgeräusch. Zehn Kilometer hoch, mit 800 Stundenkilometern.

Nora war sehr freigiebig mit ihrer Zuneigung. Ich kannte dieses Verhalten. Es war mir schon häufiger begegnet. So benahmen sich meistens diejenigen, die in ihrem Leben viel alleine waren.

Als ich wieder zum Bildschirm über uns schaute, erschrak ich. Die Schrift mit der kleinen Karte, auf der man die Position unseres Flugzeugs sehen konnte, wechselte zwischen Hindi und Englisch. Wir hatten nur noch zwei Stunden zu fliegen.
Nora hatte sich zur Seite gedreht und döste weiter.
Waren wir jetzt an der Stelle angekommen, an der man sich gegenseitig mit dem Austausch von irgendwelchen Kontaktdaten zeigte, dass man sich mochte, oder dass man sich gegenseitig nur etwas vormachte?

Es kam mir vor, als wären wir gerade erst in Frankfurt gestartet. Während ich darüber nachdachte, ging das Flugzeug in den Sinkflug.
Ohne dass ich irgendetwas gesagt hatte, flüsterte Nora neben mir:
„Glaubst du an diese Sache mit den Seelenfreunden, von der ich vorhin gesprochen habe?“
„Es klingt auf jeden Fall schön. Ja, ich denke, ich könnte daran glauben. Wo wirst du hingehen, wenn wir in Delhi angekommen sind?“
„Ich fahre nach Goa.“
Dann schwiegen wir. So würde es also sein.

Bis zur Passkontrolle lief Nora neben mir. Sie schaute verschlafen auf den Boden, und es kam mir so vor, als ob sie meinen Blicken ausweichen würde.
Ich war fasziniert. Hier stand ich und atmete Indien, und Neu Delhi fing an, mich einzuatmen. Nora schien das alles wenig zu beeindrucken. Ich drehte mich zum Ausgang des Terminals, an dem sich eine riesengroße Menschenmenge knäulte. Ich sah zurück zur Passkontrolle.
Ich war allein.

Nora war von einer Sekunde auf die nächste wie vom Erdboden verschluckt worden. Ihr Abgang war so perfekt, sie musste das vorher geplant haben.

In meiner Jackentasche fand ich eine zusammengeknüllte Papierkugel. Das Papier fühlte sich beim Auseinanderfalten noch handwarm an und war etwas feucht. Die Buchstaben waren hastig geschrieben worden:

„Wenn du vor etwas wegrennst und fliehst, läufst du nur deinem Schicksal in die Arme.
Es war nett, mit dir zu reden.
Nora"

Köln Hauptbahnhof, 20:05

Ich schrubbe seit Stunden das Holzdeck eines kleinen Kutters. Die Holzplanken sind rau, meine Finger voller Holzsplitter. Joseph Conrad selbst ist der Kapitän. Er hat nur eine Hand und schimpft den ganzen Tag, nie kann es ihm sauber genug sein. Der Fluss hat kein Wasser. Wir fahren quälend langsam durch Treibsand. Die Dieselmotoren machen einen enormen Lärm, um das Boot langsam vorwärts zu schrauben. Ständig quillt neuer Treibsand auf das Deck. Die Sonne hat meinen Nacken verbrannt. Wir transportieren mehrere Fässer Melasse. Der klebrige Sirup läuft häufig aus den Fässern, und wenn dann der Treibsand darauf fällt, gibt es hübsche Muster. Joseph Conrad humpelt übers Deck. Meistens sitzt er aber drinnen und schreibt. Zwischendurch kommt er heraus, um sich etwas von dem Sirup für seine Cornflakes zu holen. Ich bekomme aber nie etwas ab. Ich werde nur immer ausgeschimpft.

Indien

Der Indira Gandhi Flughafen glich um elf Uhr vormittags einem Ameisenhaufen. Es roch würzig, aber vor allem nach vielen Menschen. Ein Blick genügte, um zu erkennen, dass die Chancen, hier irgendjemanden wiederzufinden, gleich null waren. Überall saßen Inder auf dem Boden, viele lagen in den Gängen am Rand, ihr Gepäck schützend um sich aufgebaut, und schliefen. Die Luft war trotz Airconditioning schon jetzt außerordentlich feucht und schwül, und meine Klamotten klebten innerhalb von Minuten an meinem Körper fest.

Leichter Schwindel. Gefühl wie auf einem schwankenden Schiff zu laufen.

Zwar waren die meisten Schilder außer auf Hindi auch auf Englisch beschriftet, ich hatte jedoch keine Ahnung, wo der Ausgang zu finden war. Mit meinen zwei Rucksäcken schob ich mich durch die Menschenmassen bis zum Schalter der Fluggesellschaft *Spice Jet.* Auf meine Frage nach dem Ausgang und den Taxis antwortete mir die Dame am Schalter:

„*Tike tike*", und wippte mit ihrem Kopf nach rechts und links. Sie war hübsch. Zwischen den Brauen ein roter Punkt, wie ein drittes Auge.

Sie hatte mir einfach „*okay, okay*" geantwortet. Nichts weiter. Plötzlich wollte ich mich auch einfach nur noch irgendwo hinlegen und schlafen.

An einem kleinen Automaten holte ich mir ein Bündel Geldscheine und stopfte mir in einer hinteren Ecke des Flughafens die eine Hälfte des Bündels in meine Socken und die andere in meinen Gürtel. Dann schloss ich mich einer kleinen Gruppe von Turban tragenden Sikhs an und gelangte vor die Tür.

Die Hitze schlug mir wie eine Faust auf den Schädel. Vor dem Haupteingang war das Chaos noch viel größer. Die Luft war von einem gelben Nebel erfüllt. Es roch nach verbranntem Holz.
Hunderte Männer standen hinter einer kleinen Metallabsperrung, und als sie mich sahen, streckten sie die Arme aus, um mich am Ärmel zu sich heranzuziehen und mir ihre Taxiangebote entgegen zu schreien. Auf den ersten Blick sahen alle fast gleich aus. Alle hatten hübsche schwarze Schnurrbärte und trugen Hemden mit zwei Kugelschreibern in der Brusttasche. Innerlich war ich mit der Situation natürlich erheblich überfordert. Ich versuchte, einfach nur zum Prepaid-Taxi-Stand durchzukommen. Inmitten der Menge an aufgebrachten Taxifahrern ohne Lizenz wurde ich wieder aufgehalten. Mir fiel nichts Besseres ein, als meine Fingernägel anzusehen und – *„tike, tike"* – zu murmeln, dazu bewegte ich meinen Kopf wie die Schalterfrau von *Spice Jet*.
Rempeln und Schubsen war unvermeidbar, aber so stand ich schließlich vor dem Taxischalter, warf ein paar Scheine auf den Tresen und nannte mein Fahrtziel. Ich bekam trotz der hohen Summe kein Wechselgeld zurück, doch das war mir in dem Moment egal. Sofort brachte man mich zu einem alten schwarzen Ambassador aus den 1960er Jahren. Meinen Prepaid-Schein drückte ich dem Fahrer in die Hand, warf die Tür zu und war heilfroh, endlich im Taxi zu sitzen.
Angenehm kühle Ledersitze.

Das Alter des Fahrers konnte ich schwer abschätzen, er trug ein Tuch um den Hals, mit dem er sich regelmäßig das Gesicht abwischte. Er roch nach zwei Dingen: einem süßlichen Schweiß-Curry-Gemisch, dass ich aber als sehr angenehm empfand, und nach verbranntem Laub von den kleinen zusammengerollten Tabakblättern, die er rauchte. Für einen fünf Rupienschein reichte er mir grinsend auch eine davon nach hinten und sagte:
„*Beedie*, good!"
Er zeigte den hochgestellten rechten Daumen dazu und gab mir Streichhölzer. Ich lehnte mich zurück, zog an dem krümeligen Stäbchen und blies den stinkenden Rauch durch einen Spalt im Fenster. Gemächlich fuhr der Ambassador vom Flughafen weg, und ein gemütlicher Schwindel drückte mich langsam und angenehm in den Sitz. Ich war in Indien angekommen, und auch wenn meine Gedanken eigentlich noch in Deutschland und im Flugzeug bei Nora waren, so kam mir Neu Delhi in großen Schritten spürbar näher.

Obwohl es eigentlich der Uhrzeit nach schon richtig hell geworden sein musste, lagen die Straßen weiterhin in einem trüben gelblichen Licht, der wie Nebel eine Sichtweite von kaum mehr als zehn Metern zuließ. Schweigend fuhren wir über große Hauptstraßen ins Zentrum von Neu Delhi. Am Straßenrand sah ich zwischen großen Müllhaufen immer wieder Kühe, die mit ihren Schnauzen den Abfall nach Essbarem durchstöberten. Der Verkehr nahm zu, und gelegentlich überquerten sie langsam und gleichmütig die Straßen, was den Verkehrsfluss aber nur wenig zu behindern schien. Man steuerte

einfach haarscharf an den Tieren vorbei. Zumindest in dieser Situation benutzte niemand die Hupe.
Im Vorbeifahren fielen mir immer wieder lumpige Rollen am Rinnstein auf. Nach einer Weile erkannte ich, dass das tatsächlich Menschen waren, die am Straßenrand in schmutzige Tücher gewickelt schliefen.
Wie Leichen.
Ich starrte gebannt aus dem Taxi auf diese neue Umgebung. An Kreuzungen und Ampeln, an denen wir hielten, starrte wiederum meine Umgebung auf mich.
Immer wieder näherten sich dem Taxi kleine, schrecklich verstümmelte Kinder und versuchten, ihre Hände durch das Fenster zu stecken, das ich einen Spalt weit geöffnet hatte. Mein Fahrer drehte sich dann jedesmal zu mir um und lächelte mit seinen gelb-roten Zähnen ein mildes Lächeln.

Wir näherten uns dem Zentrum. Die Rush Hour hatte das Taxi in ihrer vollen Gewalt.
Anders als die kleinen Motorrikschas stand das wenig wendige Taxi eingekeilt in einer gigantischen, bunten Blechlawine mit Hupkonzert. Ich kurbelte das Fenster ganz nach oben, aber meinen Blick konnte ich nicht vom Straßenrand wenden. Fahrradfahrer mit Anhängern, auf denen Früchte und rote Nüsse lagen, schlängelten sich durch den Stau. Die Straßenbefestigung hörte direkt am Straßenrand auf, ab dort begann der staubige, bisweilen lehmige Boden. Zahlreiche Hütten aus Blech und Pappe säumten den Straßenrand zwischen den befestigten Häusern. Als Wandabtrennung waren dreckige Tücher auf Stöcken dazwischen gespannt worden. Überall saßen Menschen unterschiedlichen Alters um kleine

Schalen mit Holzfeuern und rührten in Töpfen. Ich konnte ein Rohr erkennen, das etwas abschüssig daneben aus der Erde ragte und aus dem rostbraunes Wasser lief. Männer mit hochgezogenen Wickelröcken hockten davor und kackten auf den aufgeweichten Boden. Ich konnte es bis ins Taxi riechen. Ein Gemisch aus brennendem Holz, gekochtem Essen, Zweitakter-Abgasen, Urin, Abwasser, Kuh- und Menschenscheiße.
Welcome to the jungle.

Das Institut lag in der *Bangla Sahib Road*, nicht weit vom riesigen kreisrunden Connaught-Place. Da mein Taxifahrer jedoch entweder die Adresse nicht kannte, oder keine Lust mehr hatte, weiterzufahren, stieg ich mit meinen beiden Rucksäcken am Connaught-Place aus. Ich befand mich sozusagen im touristischen Zentrum der Stadt, aber das brachte mir kein wirklich gutes Gefühl ein. Wo Touristen waren, gab es meistens Ärger und Betrügereien. Das hatte ich schon vor langer Zeit auf anderen Reisen gelernt. Ich betrachtete mich selbst zwar nicht als Tourist, denn ich kam hierher um zu arbeiten, aber ich sah wie einer aus.

Vor mir stritt ein italienisches Ehepaar.

Herrschaftliche weiße Gebäude wechselten sich mit modernen Hochhäusern ab, um den Platz in einem perfekten Kreis zu umschließen. Hier sah Delhi wirklich am modernsten aus. Ohne jegliche Orientierung, welche der strahlenförmig abzweigenden Straßen die richtige zum Institut war, fing ich an, den Reiseführer heraus zu kramen. Auf diese Weise

kennzeichnete ich mich natürlich mehr als mit allem anderen als Tourist, und es dauerte kaum eine Minute, bis mir ein Schuhputzer seine Dienste anbot. Dankend lehnte ich dem zutraulichen Alten ab und wollte gerade auf meine noch sehr sauberen Schuhe verweisen, als ich an mir herunter blickte und einen großen Scheißeklumpen auf meiner Schuhspitze vorfand. Ohne meine Antwort abzuwarten, fing der Putzer emsig an, meine Schuhe zu bearbeiten. Während er das tat, blätterte ich schnell auf meiner Karte und fand rasch den richtigen Weg zum Institut, dabei wunderte ich mich über die hemmungslos grinsenden Blicke der vorbeigehenden Inder. Dem Schuhputzer drückte ich einen Zehn-Rupienschein in die Hand, worauf sofort eine peinliche Diskussion um mehr Geld entstand. Ich gab mich also geschlagen und reichte dem Alten nochmal zehn Rupien, dann machte ich mich auf den Weg aus dem großen Straßenkreis. Der Putzer verfolgte mich und schimpfte weiter, nach 50 Metern ließ er endlich von mir ab und suchte sich neue Kundschaft.
Schnell bemerkte ich, dass ich den falschen Weg gewählt hatte und eine Straße zu früh abgebogen war. Auf dem kurzen Rückweg traute ich meinen Augen kaum: Der Schuhputzer schlich vor mir her und hatte sich an ein amerikanisches Touristenpärchen gehängt. Hinter seinem Rücken, für mich gut sichtbar, trug er einen kleinen Eimer mit stinkend braunem Inhalt. Mit außerordentlicher Fingerfertigkeit steckte er blitzschnell einen kleinen Löffel in den Topf und schleuderte den Inhalt zwischen die Beine des Amerikaners, wo der kleine Kacke-Klumpen punktgenau auf dem Schuh landete. Sofort danach sprach der verrückte Scheißewerfer die beiden an.

Mister, Mister, Shoeshine.
Ich war voll darauf reingefallen. Kaum zwei Stunden in der Stadt und dann das. Ich hatte keine Lust, mich in alles Weitere einzumischen. Der Amerikaner zückte bereits einen großen Schein. Jeder der aussah wie ein Tourist musste wohl am Anfang sein Lehrgeld zahlen.

Das Institut war in einem unscheinbaren und modernen Gebäude untergebracht. Ein kleiner Wachmann stand am Tor und ließ mich ohne Probleme sofort herein. Die Klimaanlage pustete mir eisige Luft in den Rücken, und kaum war die Tür hinter mir zugefallen, begann ich auch schon zu frieren. Ich hatte immer noch mein verschwitztes und vom Schlaf besabbertes T-Shirt an. In der Eingangshalle stand ein kleiner Portiertisch, der allerdings nicht besetzt war.
Was für eine nette sterile Insel.
Ich fand die Toiletten und zwängte mich mit meinen Rucksäcken in den kleinen Raum. Nachdem ich mich kurz frisch gemacht hatte, kam ich mit ordentlichem Hemd und einer Krawatte wieder ins Foyer. Mit der Krawatten-Entscheidung hatte ich mich schwer getan. Eigentlich mochte ich keine Krawatten, aber zu meiner hochoffiziellen Anmeldung zur Arbeit musste ich mich doch anständig anziehen. Der Portier war inzwischen wieder am Platz und nahm mein Gepäck zur Beaufsichtigung, dann wurde ich über einen Korridor in der oberen Etage in einen kleinen Vorraum geführt. Auf dem Weg begegnete ich einigen jungen Mitarbeitern oder Praktikanten und grüßte freundlich. Alle trugen Jeans und T-Shirts und schauten mich befremdet an.
Verdammt.

Hinter mir konnte ich ihr Getuschel hören und fühlte mich noch schlechter. Wahrscheinlich lachten sie.
In einem kleinen Vorraum wartete ich. An den Wänden hingen Portrait-Fotografien der Bundespräsidenten. Während ich überlegte, warum ich Richard von Weizsäcker von allen am meisten mochte, öffnete sich die Seitentür und ich wurde von einem etwa 50 Jahre alten Mann mit Halbglatze im weißen Hemd begrüßt. Er trug wie die meisten Personen hier ein Namensschild, auf seinem stand: *„Klaus Mordmüller*".
Überschwänglich schüttelte er mir die Hand, wobei er mit seiner anderen zusätzlich meinen Ellenbogen festhielt, was mir sofort sehr unangenehm war.
„Du bist also Moritz, unser fleißigster Bewerbungsschreiber!"

Dass er in diesem Zusammenhang gleich *„unser"* sagte, war zwar sehr freundlich, aber irgendwie hatte ich schon bei der Begrüßung ein ungutes Gefühl.
„Von deinem Vater habe ich ja schon viel von dir gehört."
Ich nickte kurz. Auf diesen Satz war ich vorbereitet gewesen, und folgte seiner Handbewegung in sein Büro. Während ich hinter ihm herging, hatte ich den Eindruck, Rosenwasser zu riechen. Aber darunter lag noch irgendein anderer Geruch, etwas Kräftigeres.

Klaus Mordmüller hatte ein großes Büro, die Wände waren an der unteren Hälfte mit dunklem Holz vertäfelt, ebenso war der Fußboden aus frisch gebohnertem Holz. Ein breiter Eichenschreibtisch stand in der Mitte, und an den Wänden, zu diesem edlen Ambiente für mein Gefühl vollkommen unpassend, hin-

gen alte Poster mit deutschen Stadtansichten. So etwas hing normalerweise in Klassenzimmern im Ausland. Nachdem die standardmäßigen Befindlichkeiten ausgetauscht worden waren: Flug, erster Eindruck von Delhi, der Schmutz, *ja ja…*, schenkte er mir ein Glas Wasser ein und lehnte sich gemütlich in seinem Ledersessel zurück.
„Du kannst natürlich Klaus zu mir sagen! Wir sehen uns hier alle als eine große Familie, und seit ich hier Chef bin, versuche ich natürlich, die Hierarchien möglichst flach zu halten!“
Ich lächelte, dachte: „Das sind immer die Schlimmsten!“, und gab mich geschmeichelt. Ich hob kurzerhand mein Wasserglas an und sagte:
„Freut mich, Klaus!“
In Wirklichkeit wurde ich gerade außerordentlich müde und wollte eigentlich nur irgendwo ein Zimmer finden und schlafen. Klaus fing aber gerade erst an, über einige, wie er sagte, *sehr wichtige Dinge* mit mir zu sprechen. Ich hatte erwartet, dass ich nun Details über meine Aufgaben erfahren würde, im Wesentlichen sprach er aber nur über sich selbst und seine Auffassung, was die Aufgabe von Deutschland in Indien und der ganzen Welt sei. Schon nach einer Minute begann ich nur noch monoton zu nicken und mich gelegentlich zu räuspern.
Schließlich konnte ich einen guten Moment abpassen und ihn nach einer geeigneten Unterkunft in der Nähe fragen. Der Wunsch nach einer Dusche und einem Bett wurde immer größer. Klaus notierte mir den Namen eines privaten Wohnheims auf einen Zettel und beschrieb mir umständlich den Weg dorthin. Dann gab er mir noch seine eigene Telefonnummer und begleitete mich zur Tür. Wieder fiel mir der

auffällige und zu diesem Mann kaum passende Rosenwassergeruch auf.
Da es Freitag war, sollte ich mich erstmal richtig einrichten und mich am Montag wieder bei ihm melden, alles Weitere würde dann besprochen werden.
Klaus grinste wieder sehr gewinnend und hielt mir die Tür auf. Der kleine Windstoß, der dabei entstand, trug mir wieder diesen würzigen Untergeruch in die Nase, und beim Verlassen des Vorzimmers fiel es mir dann ein: Der überaus freundliche Klaus Mordmüller roch ganz einfach nach – *Haschisch.*
Auf dem Flur traf ich wieder eine kleine Gruppe jüngerer Kollegen.
Ich löste schnell den Krawattenknoten und wickelte den Langbinder in meiner Hand auf. Als ich näher kam, verstummte ihr Getuschel. Höflich stellte ich mich vor.
Smile like you mean it.
Die Blicke der vier hätten arroganter nicht sein können. Es folgte ein kurzer, gequälter Small-Talk. Ich fragte nach Wohnmöglichkeiten. Wie sich herausstellte, waren alle im gleichen Wohnheim untergebracht. An dieser Stelle war auf jeden Fall noch viel Eis zu brechen.

Zwei Stunden später stand ich ratlos vor einem großen Krankenhaus mit der Aufschrift *All India Institute of Medical Sciences,* und leider nicht vor dem Wohnheim, in dem ich mich in Gedanken schon in einem bequemen Bett liegen sah. Schon der Weg hierher war mir viel zu lang vorgekommen, und ich hatte immer noch nicht gelernt, die Rikschafahrer kritisch genug auf mein eigentliches Ziel hin zu weisen. In meiner Hand hielt ich den verschwitzen

Zettel, dessen Schrift schon unleserlich wurde. Hinter mir dröhnte auf vier Spuren der Verkehr vorbei. Wenn man den Zettel drehte, sah die Abkürzung des Wohnheims aus wie die Buchstaben AIIMS, was zweifelsohne die Abkürzung der großen Klinik war, vor der ich jetzt stand. Meine Geduld ging langsam dem Ende entgegen. Einfach irgendwo unterkommen, das war jetzt wichtig. Wo, war vollkommen egal.
Wieder schulterte ich meine Rucksäcke, die anfingen am Rücken zu schmerzen, und lief quer über den Campus. Dann suchte ich mir eben hier ein Zimmer. Auf den großen Rasenflächen, die die hohen 14-stöckigen Gebäude umgaben, lagen Patienten auf Matten. Vornehmlich alte Leute, manche von ihnen hatten sogar laufende Infusionen an ihren Armen oder Händen, die meisten wurden von Verwandten gepflegt. Das ganze Bild sah aus wie nach einer großen Naturkatastrophe oder einem Zugunglück, bei dem die Opfer zunächst im Freien versorgt wurden, bis man sie dann ins Krankenhaus brachte. Nach ein paar Minuten Marsch quer über den Campus kam ich vor einer kleinen Seitengasse an, hier hingen einige Guesthouse-Schilder an den Häuserwänden.

Ich nahm einfach das Erstbeste. Vor der Tür standen einige Säcke mit Linsen und Bohnen. Das Ganze sah aus wie ein Lebensmittelladen, der mir sehr gut gefiel. Das Zimmer sollte umgerechnet zwei Euro die Nacht kosten. Der erste Anblick fiel etwas sonderbar aus, denn ein richtiges Zimmer war es eigentlich nicht. Die Wände reichten nicht bis zur Decke, so dass es eher ein Verschlag als ein Zimmer war. In einer kleinen Nische gab es eine Kloschüssel ohne Brille und einen Schlauch, der aus der Wand hing,

mit einem kleinen Wasserhahn darunter. Sonst nichts. Ein kleiner Eimer, der offensichtlich für benutztes Klopapier sein sollte, stand direkt neben der Tür. Er war noch zur Hälfte mit braun verschmierten Lappen gefüllt. Ich nahm das Zimmer und drückte dem bärtigen Vermieter ein paar Rupien in die Hand. Nachdem er die Tür geschlossen hatte, nahm ich als erstes den Eimer und warf ihn, ohne lange zu überlegen, in den kleinen Lichtschacht neben der Toilette. Laut polternd fiel er herunter.
Ich zog mich aus, holte meinen Schlafsack-Innenbezug aus dem Rucksack, hüpfte hinein und steckte mir meinen iPod in die Ohren.
Innerhalb von Sekunden war ich tief eingeschlafen.

Düsseldorf Hauptbahnhof, 20:32

Ich sitze in einer Autobahnraststätte. Die Autobahn hat nur eine Spur, es gibt keinen Mittelstreifen. Mühselig rangieren unzählige Autos aneinander vorbei, fahren ruckartig schnell und werden kurz darauf wieder ganz langsam. Keiner hupt. Es ist ganz leise. Die Autos rascheln unauffällig. Ich schaue durch ein Fenster mit Kaleidoskopeffekt nach draußen und sehe alles acht Mal, in wechselnden geometrischen Formen. Ein Auto fährt vor das Fenster und hält. Es ist von außen komplett mit einem braunen Fell überzogen. Vier Gestalten mit brombeerfarbenen Umhängen steigen aus und wollen mich holen. Sie benutzen einen Glasschneider, um die Scheibe zwischen uns zu öffnen. Um zu flüchten lege ich mich flach auf den Boden. Der Teppich hat viele kleine Fortsätze, deren koordinierte Bewegungen mich liegend zu einem Notausgang befördern. Es kitzelt im Nacken. Die vier Gestalten sind immer noch hinter mir her. Der Teppich gibt mir einen kleinen Schubs, und ich kann aufstehen. Der Notausgang öffnet sich von selbst: Ich entkomme.

Alex

Als ich aufwachte, hatte ich das Gefühl, gerade erst eingeschlafen zu sein. Immer noch, oder schon wieder: Es war hell. Nebenan gab es aufgeregtes Geschrei, zwei Leute diskutierten miteinander. Dann rumpelte es laut auf dem Flur. Ich schälte mich aus dem verschwitzen Schlafsack. Mein Gesicht fühlte sich verquollen an. Die Uhr hatte ich noch nicht umgestellt, jegliches Zeitgefühl war verloren. Leise stellte ich mich auf das Bett und streckte mich, um über die Trennwand zu schauen. Der Nachbarraum sah gemütlicher aus, was im Wesentlichen daran lag, dass Poster an den Wänden hingen und mehr Gepäck und privates Zeug verstreut herumlag. Es hatte schon fast etwas von einer Zimmer-Einrichtung. Ein Mann, der etwa in meinem Alter sein musste, lief aufgeregt hin und her. Um den Bauch trug er eine Gürteltasche, die aufgrund seiner stattlichen Größe an ihm etwas lächerlich wirkte. Der Vermieter stand in der Tür und gestikulierte wild. Offensichtlich ging es um das Zimmer. Als ich mich noch weiter aufrichtete, schaute der Vermieter plötzlich zu mir auf, streckte den Arm aus und zeigte plötzlich wütend auch auf mich. Ich hatte keine Ahnung, was hier los war, aber sofort klopfte es an meiner Tür, und der Vermieter sprang vor das Bett, auf dem ich immer noch stand, und begann wütend, meine wenigen bisher ausgepackten Habseligkeiten in meinen Rucksack zu werfen. Scheinbar sollte auch ich zügig das Zimmer räumen.

Widerwillig sammelte ich meine Sachen ein und stopfte alles schnell in den Rucksack, dann zog ich mich an, stellte meine Sachen demonstrativ vor die Tür und ging ins Nachbarzimmer. Die Tür stand halb offen, der Vermieter hatte inzwischen Ruhe gegeben und verfolgte jede Bewegung argwöhnisch.
Mein Nachbar war immer noch darin vertieft, eine gehörige Menge an Kleinigkeiten, die sich anscheinend schon über einen längeren Zeitraum hier angesammelt hatten, in Plastiktüten zu schmeißen. Ich klopfte dezent an die Tür. Auf einem kleinen Tisch neben dem Bett lag der *Steppenwolf* von Hermann Hesse.
„Hallo."
Mein Nachbar sagte nur kurz und etwas abwesend:
„Komm rein!", ohne mich dabei anzusehen.
Er war wirklich sehr groß und sah aus, als würde er regelmäßig trainieren. Zu der knielangen Shorts trug er ein recht gut sitzendes pflaumenfarbenes Hemd mit großem Kragen. Man sah ihm den Ärger deutlich an, er schwitzte und seine Schläfen pochten sichtbar. Als ich meine Hilfe beim Einpacken anbot, hatte er sich immer noch nicht wirklich zu mir gedreht. Hektisch ein paar Bücher in einen Kopfkissenbezug stopfend, sagte er:
„Du kannst die Poster abmachen, vielleicht brauchen wir die noch."
Ich betrat jetzt das Zimmer und fing an, die Poster abzuhängen, größtenteils waren es Frauenposter aus der FHM. Indisch aussehende Damen, mit großen Brüsten. Was mich aber am meisten beeindruckte: Dieser Typ hatte das Wort *„wir"* verwendet, bevor zwischen uns auch nur ein vernünftiger Wortwechsel stattgefunden hatte. Während ich die Poster

zusammenfaltete, fragte ich mich wirklich, wofür *„wir"* die noch brauchen sollten.
Aufgrund der recht groben Art und Weise, mit der mein Nachbar seine Habseligkeiten zusammenwarf und notdürftig verpackte, war der Raum in fast fünf Minuten vollständig geräumt.

Ich griff meine Rucksäcke und nahm einen Teil der Taschen meines Nachbarn und schleppte mit ihm alles vor den Laden des immer noch grimmig schauenden Vermieters.
Die Hitze war schon wieder unerträglich, und mir wurde etwas schwindelig, so dass ich mich auf meinen Rucksack fallen ließ und wartete. Mein Nachbar begann erneut, mit dem Vermieter zu diskutieren, brach dann aber mittendrin ab und setzte sich neben mich. Aus einer seitlich aufgesetzten, ausgebeulten Hosentasche fummelte er eine Schachtel Zigaretten, steckte sich eine in den Mund und bot mir auch eine an. Rauchend saßen wir beide eine ganze Weile da und beobachteten das Treiben auf der kleinen staubigen Gasse. Meine Zigarette war halb herunter geraucht und ich wollte gerade etwas sagen, um einfach *irgendetwas* zu sagen, als er mir plötzlich die Hand entgegenstreckte:
„Danke. Ich bin Alexander."
Zum ersten Mal schaute er mich direkt an und grinste. Er hatte ein wirklich gewinnendes Lächeln, sein Gesicht war schon sehr gebräunt und die Haut auf seinem Nasenrücken hatte begonnen, sich zu schälen.
Outdoor-Style.
„Moritz. Kein Problem", sagte ich genauso kurz.

Merkwürdige Situation. Ich war gerade in Unterhosen aus meinem gemieteten Verschlag vertrieben worden. Meinem Nachbarn war es nicht anders ergangen und jetzt saßen wir hier, rauchten und redeten kaum ein Wort miteinander, als ob es das Normalste auf der Welt war.
Genau das gefiel mir richtig gut. Schon nach wenigen Minuten hatte ich dieses gute Gefühl, das man nur mit wenigen Menschen haben konnte. Nebeneinander zu schweigen, ohne die Stille als unangenehm zu empfinden. Es war einfach okay so. Ich war Moritz, er war Alexander, und wir waren beide ohne Wohnung in Delhi. Fertig.

Schräg gegenüber hockte am Straßenrand ein Junge vor einem Aluminiumtopf, der auf einem kleinen Benzinkocher stand. Ich konnte sehen, wie er einzelne kleine Milchpäckchen aufschnitt und in den Topf schüttete. Dann wühlte er in seiner Hosentasche und warf einige bräunliche Krümel hinein, die er vorher mit der stumpfen Seite eines Messers auf einer Steinplatte zerklopft hatte.
Aromatischer Duft.
Als Alexander sah, dass ich den Jungen beobachtete, drückte er seine Zigarette aus und rief zu ihm:
„Hey, Do Chai!“
Eifrig machte er sich sofort daran, zwei kleine Gläser in einem Wassereimer zu spülen. Dann füllte er mit einer Kelle den braunen Milchtee hinein und flitzte zu uns herüber. Alexander gab ihm ein paar Münzen und reichte mir eines der beiden Gläser. Es duftete großartig nach Kardamon und anderen Gewürzen. Alexander stieß mit mir an und schlürfte sich das

heiße Zeug rein. Schon der erste Schluck machte mich richtig wach.
Masala Chai. Was für ein großartiges Getränk.

Als ich 13 Jahre alt war, trank ich das erste Mal *Tschai.* So nannte man das merkwürdige Gebräu, dass ich in der Waldjugend zu trinken bekam. Meine Eltern hatten mich schon mit acht Jahren bei den Waldläufern angemeldet, und so verbrachte ich die meisten Wochenenden, mindestens aber einmal die Woche, im Wald und durfte sämtliche Tiere auswendig lernen. Irgendwann stand auch bei mir die sogenannte Späherprobe an. Ich musste enorm viele Bäume und Pflanzen benennen, was mir trotz wochenlangem Üben aber ziemlich schwer fiel.
Die größeren Jungs hatten schon am Nachmittag am Zeltplatz angefangen, schwarzen Tee, Wein, Trockenobst und Rum in einem großen Topf zusammen zu köcheln. Am Abend wurde die bestandene Späherprobe mit großen Mengen dieser Mischung gefeiert. Nach der dritten Schale wurde mir schnell schwindelig und übel. Es schmeckte wie warmes Müsli mit Schnaps. Ich lag als einer der ersten im Zelt, bekam Durchfall und musste mich mehrfach übergeben. Am nächsten Morgen durfte ich mit höllischen Kopfschmerzen den jüngeren Waldläufern alles über Feuchtbiotop-Pflege und Fledermaus-Schutz erzählen. Eine Woche später wurde ich Forstpate meines eigenen Patenforsts. Meine Karriere als Waldläufer verlief steil. Noch eine Woche später erbettelte ich bei meinen Eltern den Austritt aus der Waldjugend.

„Du kannst mich einfach Alex nennen."

Alex.
Wie selbstverständlich fingen wir an zu überlegen, wo wir die nächste Unterkunft finden konnten. Ich erfuhr, dass er schon einige Male umgezogen war, und aus der Art seines Berichts, dass es meistens nicht freiwillig erfolgt sein konnte. Irgendwie hatte ich das Gefühl, dass es besser war, ihn darauf erst einmal nicht wieder anzusprechen.
Wenige Meter entfernt gab es noch ein anderes Guesthouse, in dem auch ein paar Europäer wohnten. Alex kannte dort zwei Griechinnen, einen Franzosen und einen anderen Deutschen, aus dem großen Krankenhaus nebenan. Er war, wie die anderen, Medizinstudent in seinem letzten Jahr und machte hier ein Praktikum. Während wir unsere Gepäckstücke schulterten und langsam in die immer enger werdende Gasse eintauchten, erzählte ich ihm, warum ich hier war. Er verzog darüber keine Miene und murmelte nur:
„Klingt gut!“

Das Appartement war eigentlich nur ein kleines Zimmer im dritten Stock mit Balkon und Toilette. An den Wänden hingen vergilbte Tapeten, und der Fußboden war mit einer zentimeterdicken Dreckschicht überzogen. Trotzdem war es weitaus besser als das letzte Zimmer, und es schien jede Menge Sonnenlicht herein. Ohne uns groß abzusprechen, mieteten wird den Raum für einige Wochen und bezahlten nach obligatorischer Verhandlung die Hälfte im Voraus. Alex erste Handlung war, die beiden Betthälften auseinander an die gegenüberliegenden Wände zu schieben. Dann stieg

er auf eines der Betten und begann, die Poster sorgfältig wieder aufzuhängen.
„Du hast doch nichts dagegen, dass ich vor dem Balkon schlafe?"
„Nö."
„Sehr gut, ich brauche nämlich sehr viel Sauerstoff."

Den weiteren Vormittag verbrachten wir mit der Reinigung des Zimmers. Alex besorgte einen Eimer, einen Besen und eine Flasche Chlorreiniger, mit dem wir uns fast vergifteten. Gegen 15 Uhr roch es wie im Schwimmbad, und der Boden glänzte. Was auch immer vorher in diesem Zimmer passiert war, unsere Chlorspülung hatte sämtliche Spuren davon erfolgreich vernichtet. Ein kleiner Tisch, den Alex einfach vom Treppenhaus mitnahm, vervollständigte unsere Einrichtung. Das Bad war angenehm sauber, wir hatten einen Kleiderschrank und einen Balkon mit zwei halbwegs brauchbaren Stühlen. Ich hatte mein Zeug schnell verstaut und legte mich aufs Ohr. Alex ging irgendwo hin.
Gegen Abend kam er zurück und hatte einen Beutel Eis und sechs Flaschen Bier besorgt.
Grinsend schüttete er das Eis ins Waschbecken und legte die Bierflaschen hinein. Dann ging die Tür wieder auf und ein schmächtiger junger Mann kam herein.
Etwas verschlafen setzte ich mich auf.

„Das ist Jaques."

Jaques war vollständig in Jeans gekleidet. Alles in verwaschenem Look.
Achtziger Jahre.

Seine Augen waren hell und tief liegend, was seinem Gesicht einen forschen Ausdruck gab. Jaques kam aus Lyon, hatte aber eine deutsche Mutter und sprach deshalb recht gut Deutsch, allerdings mit unverkennbarem Akzent.
Erst steckte er sich eine Kippe in den Mund und schüttelte mir dann die Hand. Schon an seinem Händedruck konnte man fühlen, wie dünn er war. Ich nannte ihm meinen Namen, und ab diesem Zeitpunkt sagte er konsequent Maurice zu mir. Er bemühte sich nicht einmal, den Namen deutsch auszusprechen. Ich war Maurice, zu Alexander sagte er Alec.

Nachdem er unser Zimmer aufmerksam inspiziert hatte, warf sich Jaques auf Alex' Bett.
„Ihr habt eusch ja ein schönes Nest geschaffen, ihr beiden, ha, hm ha!"
Dabei grinste er über beide Ohren und fing an, mir von seinem Tag zu erzählen. Wahrscheinlich dachte er, ich wäre auch Mediziner, denn er schien in seinen Ausführungen irgendein Vorwissen bei mir voraus zu setzen. Den halben Tag hatte Jaques in einem kleinen OP gestanden und unter fachkundiger Anleitung indische Männer sterilisiert. Die indische Regierung hatte ein Programm ins Leben gerufen, um irgendeine Form von Geburtenkontrolle in dem überbevölkerten Land zu etablieren. Jeder Mann, der älter als 30 war, konnte sich für 1000 Rupien oder wahlweise ein kleines Transistorradio bei Jaques auf den Tisch legen, um die Samenleiter ohne Betäubung durchschneiden zu lassen. Jaques Hände vollzogen die anscheinend sehr komplizierten Handgriffe in der Luft. Schließlich formte er mit seinen Fingern eine

Schere und schnitt zwei imaginäre Samenleiter durch. Ich musste mich schütteln.
„Was soll ich eusch sagen: Der Andrang ist enorm. Was meinst du Maurice, wollen die Jungs, isch meine, die Jungs, die sich ohne Narkose in den Sack schneiden lassen, wollen die Jungs am häufigsten die Kohle oder nehmen sie das Radio?“
„Ich denke, sie nehmen das Geld.“
„Ha, hm, nein, sie nehmen das Radio, ist es zu fassen, sie nehmen das Transistorradio!“, sagte er, schlug sich auf die Schenkel und ging murmelnd aus dem Zimmer.
Dann drehte er sich um und fragte:
„Wie sieht es heute Abend mit der Ackermann-Aktion aus?“
Alex schaute mich an. Ich zuckte mit den Schultern. Dann machte er das Daumen-hoch-Zeichen und schloss die Tür.
„Was ist die Ackermann-Aktion?“, fragte ich.
„Ackermann ist so ein exzentrischer Deutsch-Inder, der schon seit Jahren hier in der Chirurgie arbeitet. Der hat da so eine Art Oberarztstelle. Er hat Jaques und mich auf eine private Grillparty für heute Abend eingeladen. Du solltest auf jeden Fall auch mitkommen.“
„Wirklich? Aber ich habe doch mit Medizin nichts am Hut!“
„Spielt keine Rolle!“

Duisburg Hauptbahnhof, 20:45

Ich bin nackt und stehe in einem vollkommen gekachelten Raum. Er sieht wie eine Küche aus, alles ist komplett weiß. Als ich näher komme, erkenne ich auf einer Arbeitsplatte einzelne Schachteln und Dosen, auch alle ganz in weiß. Aus der Decke tönt leise Easy-Listening-Musik, wie in einem Kaufhaus. Nirgendwo gibt es eine Tür. Ich drehe mich um und stehe vor dem Kühlschrank. Als ich die Tür öffne, schlägt die Easy-Listening-Musik in einen lauten Bossa-Nova-Orgel-Rhythmus um, entfernt klingt auch etwas Meeresrauschen durch. Ich kann kaum etwas sehen, weil aus dem Kühlschrank grelle Lichtstrahlen in mein Gesicht fallen. In der Mitte steht eine weiße Schachtel in der Größe einer Cornflakes-Packung. In schwarzer Filzstift-Schrift steht darauf: „Lemming-Brösel". Der Bossa-Nova-Beat zwingt mich, eine Hand voll davon zu essen. Es schmeckt wie Krokant.

Grillparty

Seit 36 Stunden war ich in Delhi. Ich hatte eine WG gegründet, hatte einen Job so gut wie in der Tasche und für den Abend eine Einladung in höhere gesellschaftliche Kreise. So etwas nannte man wohl einen Lauf. Die Dinge standen mal wieder günstiger für mich als erwartet.
Während ich eifrig auf dem Notebook an meinen Texten arbeitete, hatte sich Alex in sein Bett gelegt und schlief.
Dr. Ackermann musste wohl eine schillernde Persönlichkeit sein, nach allem was mir Alex erzählt hatte. Er wohnte in einer Villa im Botschaftsviertel von Delhi und wurde von den meist ausländischen Medizinstudenten hoch geschätzt. Von akademischer Seite brachte man ihm wohl weniger Achtung entgegen. Aus nicht näher bekannten Gründen war der etwa 60 Jahre alte Dr. Ackermann aber seit fast 20 Jahren geduldetes Mitglied der chirurgischen Abteilung.

Es war 19 Uhr und wir mussten los. Ich weckte Alex. Er murmelte etwas, schloss wieder die Augen und schien weiter zu schlafen. Aus meinem Rucksack fischte ich jede Menge zerknüllte Klamotten.
Schwierig. Was zog man zu so einer Gelegenheit wohl am besten an? Etwas schick musste es meiner Meinung nach auf jeden Fall sein.
Wieder griff ich zu weißem Hemd und langen Hosen, warf einen prüfenden Blick in den Spiegel und war startklar. In meiner Hosentasche fühlte ich nach ein

paar Scheinen, hockte mich auf mein Bett und zählte nach. Alex öffnete die Augen.
„Bist du schon fertig?"
„Sieht so aus!"
Er stand ruckartig auf, ging zur Eingangstür und zog sich zehn Mal schnell hintereinander am Türrahmen hoch. Dann begann er, in seiner Hälfte des Kleiderschranks nach einem T-Shirt zu wühlen. Alex erzählte mir, dass er unglaublich viele T-Shirts besaß. Wo immer es irgendwelche Shirts mit bekloppten Aufdrucken gab, konnte er nicht wiederstehen und kaufte drauf los. So wie sich andere Leute Postkarten oder Ramsch als Andenken an besuchte Länder und Orte kauften, investierte Alex in T-Shirts. Er zog sich zuerst ein rotes T-Shirt an, auf dem irgendwelche sozialistischen Symbole gedruckt waren, zog es sich jedoch schmunzelnd schnell wieder aus, nahm das nächste und fragte mich:
„Sag mal, das hier oder welches jetzt?"
Ich zeigte auf ein gelbes T-Shirt. Er schaute zufrieden an sich herunter. Es war ein Shirt, auf dem in Comic-Zeichnung Batman mit Bierflasche und in Unterhosen im Sessel saß. Neben Batman stand Robin mit unglücklichem Gesicht und bügelte sein Cape. Ich riss zwei Daumen nach oben und grinste Alex an.
An Jaques Tür in der ersten Etage hing ein Zettel. Er hatte sich doch kurzfristig umentschlossen und war mit den beiden Griechinnen unterwegs zu einer anderen Party.
Es war gegen halb sieben, als wir in die Motorrikscha stiegen und Richtung Stadtzentrum tuckerten. Der Fahrer im khaki-grünen Rikschafahrer-Arbeitsanzug drehte die meiste Zeit an seiner, mit blanken Drähten

zusammengebastelten, großen Soundanlage. Die Punjab-Musik knisterte erheblich und übertönte geradeso das laute Knattern des Motors. Über dem Moped-Lenker klebte ein Sticker: *Small Family – Happy Family!*.
Die Fahrt dauerte etwa eine halbe Stunde. Die Luft war wie immer stickig, schwül und staubig. Schweißränder unter den Armen waren also schnell vorhanden.
An der Kreuzung vor dem India-Gate bogen wir ins Botschaftsviertel ab. Die Häuser, an denen wir vorbei-fuhren, sahen allmählich immer mehr nach Kolonialstil aus: Riesen-Villen und Stadthäuser hinter hohen Mauern, mit reichlich grünen Flächen davor. Messing-Schilder wiesen die meisten Häuser als Botschaften kleinerer Länder aus. Dann war die Straße komplett mit dicken Beton-Zylindern blockiert. Der Fahrer hielt an und deutete auf ein Schild, eine Art Wegweiser, der die Richtung zur amerikanischen Botschaft wies.
“You have to walk from here, only some meter!”, sagte der Fahrer freundlich.
Die Ami-Botschaft war durch Straßensperren großzügig abgeriegelt worden. Da aber Dr. Ackermanns Villa ganz in der Nähe lag, mussten wir irgendwie durch. Alex bezahlte die Rikscha, ich ging zu einem Wachposten und fragte nach dem Weg. Nach längerem Gequatsche und einigen Erklärungen durften wir an dem Wachhäuschen vorbeigehen und wurden von einem schwerbewaffneten Wachmann, der eigentlich aussah wie ein Soldat in voller Kampfmontur, in eine Seitenstraße begleitet.
Wir bedankten uns artig und liefen, etwas eingeschüchtert, kichernd in eine Einfahrt.

Die Villa von Dr. Ackermann war ebenfalls gut bewacht. Die Mauern waren mit einigen Videokameras bestückt.
Es war ein großes Haus mit kolossaler Säulenanordnung an der Front. Davor standen etwa 30 bis 40 Gäste in kleinen Gruppen im Garten herum. Es roch nach Grill-Holzkohle und Gegrilltem. Ein Mann mittleren Alters, in weißem Hemd, stand vor einem Tor. Alex ging zu ihm und nannte seinen und Jaques vollen Namen. Offensichtlich standen wir auf der Liste. Man ließ uns sofort hinein.
Es schien uns allerdings keiner so richtig zu beachten. Dr. Ackermann war nicht zu sehen. Wir gingen zu einem kleinen weiß gedeckten Tisch und nahmen uns Bier aus einer Kühlbox mit Eiswürfeln. Ich schaute mich um. Hier draußen stand nur eine bunt gemischte Gesellschaft aus Indern und Deutschen, jedoch niemand, den Alex aus der Klinik kannte. Da wir beide dringend pinkeln mussten, marschierten wir zur Frontseite des Gebäudes und wollten hineingehen. Vor der großen zweiflügeligen Tür stand jedoch ein Wachmann und schüttelte mild den Kopf. An einem offenen Seiteneingang lief Catering-Personal mit Blechen voller Grillspieße ein und aus. Auf einmal rannte Alex los und flitzte durch die Tür, die direkt vor meiner Nase zufiel. Innen stand Alex und lachte. Dann machte er die Tür einen Spalt auf und ließ mich hinein. Hier war es angenehm kühl.
Geruch von altem Holzfußboden und Zigarettenqualm.
Aus der oberen Etage hörte man gedämpfte Musik. Wir passierten eine pompöse Eingangshalle, in deren Mitte eine Bronzebüste stand. Alles wirkte hier kolonial. Vom oberen Ende der großen Haupttreppe

hörten wir ein lautes Jauchzen. Ein Geräusch, das zwar weiblich klingen sollte, aber ganz gewiss von einem Mann stammte. Mir war die Atmosphäre unheimlich, Alex strahlte über beide Ohren:
„Sieht aus, als hätten wir doch noch die richtige Party gefunden!“
Endlich fanden wir eine Toilette in der hintersten Ecke der Halle.
Ich wusch mir gerade die Hände, als sich plötzlich jemand hinter mir räusperte. Überrascht drehte ich mich um. Ein etwas korpulenter Mann in einem zu engen, hellen Leinenanzug stand vor mir. Das olivgrüne Hemd hing ihm aus der Hose, die schon schütteren Haare klebten verschwitzt an seinem rotbraun gebrannten Nacken. Dann kam Alex aus der Kabine und blieb ebenfalls stumm stehen.
Erwischt –, dachte ich mir.
Jetzt würden sie die Wachleute holen, weil wir uns auf ihre Privatparty geschlichen hatten. Noch immer hatte niemand etwas gesagt. Dann grinste Alex auf einmal breit und schüttelte dem Mann im Leinenanzug vergnügt und überschwänglich die Hand.
„Sommer, angenehm. Wir hatten oben noch keine Gelegenheit uns vorzustellen, da ist aber auch heute wieder was los, nicht wahr?“
Der Mann im hellen Anzug schaute uns abwechselnd verblüfft an. Er schien angetrunken zu sein, und überlegte wie und wo er uns einordnen sollte.
„Angenehm, Dr. Reisefleisch“, antwortete er schließlich und fügte danach mit schwankender und etwas lispelnder Stimme hinzu:
„Aber kein Veterinär, hahaha. Na dann wollen wir hier die Klorunde mal beenden und hoch an die Bar.“

Auf der Treppe wurde Dr. Reisefleisch doch wieder vorsichtig und fragte scheu:
„Aber Sie sind sicher, dass sie keine Praktikanten sind? Er hat mir ausdrücklich gesagt, dass die von draußen ihre eigene Party feiern sollen und nicht rein dürfen!“
Alex beschwichtigte unseren unfreiwilligen Gönner und redete fleißig irgendwelches erfundenes Zeug auf ihn ein. Im Obergeschoß standen wieder zwei Wachmänner, die uns misstrauisch ansahen. Dr. Reisefleisch murmelte ein Codewort und wir durften einen Saal betreten, in dem gedämpfte Easy-Listening-Musik lief. 15 bis 20 Gestalten standen hier im Kerzenlicht mehrerer Standleuchter. Der Doktor ging an eine kleine Minibar und zauberte drei Gläser hervor. Enthusiastisch hantierte er mit einigen Flaschen und mischte drei rötlich-braune Drinks für uns. Mir drückte er ein Glas in die Hand und verriet mir in vertraulichem Tonfall:
„Ich habe ihnen einen *Bohländer* gemischt!“
Das Getränk schmeckte nach Minze, Wodka und Schokolade. Was auch immer Alex ihm erzählt hatte, es musste sein uneingeschränktes Vertrauen geweckt haben. Lachend reichte er Alex auch ein Glas. Ich schaute mich um. Die meisten Leute, sowohl Männer als auch Frauen, wichen meinem Blick aus. Alle trugen erstaunlich freizügige Klamotten. Der Drink war gut, der Ort außerordentlich merkwürdig.
An den Wänden konnte man zahlreiche Jagdtrophäen erahnen.
„Und wer ist das?“, fragte ich Alex.
Ein Mann in lila Pumphosen und einem weißen Marineoffizier-Jackett stand in einer der hinteren Ecken, umringt von mehreren Gestalten, die andäch-

tig seinen Worten lauschten. Unter der Uniformjacke konnte man eine Art Lederkorsage erkennen, die nicht ganz bis nach oben zugeschnürt worden war und reichlich Einblick auf Brustbehaarung zuließ.
Alex beugte sich vor:
„Du meinst den Mann mit dem gestutzten Schnurrbart? Das ist Dr. Ackermann.“
Alex schaute mich an, ich schaute auf den Boden, um nicht in lautes Gelächter auszubrechen. Beide schienen wir die Einmaligkeit dieser Situation verinnerlicht zu haben. Dinge die man nur einmal im Leben sehen konnte.
Zur richtigen Zeit am richtigen Ort.
„Sieht so aus, als seien Sie zur richtigen Zeit am richtigen Ort!“, erklärte Dr. Reisefleisch.
„Ach was!“, stammelte Alex und nahm einen großen Schluck aus seinem Glas. Der Doktor fuhr nun in etwas vertraulicherem Tonfall fort:
„Dr. Ackermann ist ein großer Anhänger der Leder-Szene. Sie wissen schon *Old Guard, New Guard*, diese Dinge.“
„Also ist Dr. Ackermann schwul?“, fragte Alex.
„Das würde ich nicht unbedingt behaupten, er interessiert sich nur sehr für homosexuelle Kultur, Kunst und Geschichte.“
Den Worten des Doktors zu glauben, fiel zunächst schwer, vor allem beim Anblick der kleinen Zuhörerschar: von den anwesenden Personen war fast jeder in hautengem Leder gekleidet, schwarze eng anliegende Hosen mit Beulen im Schritt, Lederwesten oder Kappen, dazu Schnurrbärte.

Dr. Reisefleisch bedeutete mir und Alex mit einer Geste still zu sein und ihm zu folgen. Wir stellten uns

zu dem kleinen Auditorium, das sich um einige kleine Glasvitrinen versammelt hatte. Als wir in Hörweite gelangten, nahm Dr. Ackermann gerade einen Gegenstand aus der Vitrine, der aussah wie ein Eispickel. Dazu stellte er seinen Zuhörern die Frage:
„Haben Sie jemals von Freeman's transorbitaler Methode gehört?"
Die Zuhörer raunten verneinend und Dr. Ackermanns Blick streifte mich und Alex. Für einen kurzen Augenblick hatte ich das Gefühl, Ackermann wäre durch die Anwesenheit von uns beiden erschreckt, doch offensichtlich bürgte der neben uns stehende Dr. Reisefleisch für uns, so dass er sofort souverän weiter redete. Alex konnte sich nach einer Weile leider nur noch mühevoll selbst auf den Beinen halten und versuchte, sich ständig irgendwo anzulehnen.
Während ich nur besorgt war, dass er keines der vielen Exponate im Zimmer umstieß, betrachtete ihn der Doktor scheinbar mit Belustigung. Auch mir fiel es schwer, den Worten Ackermanns zu folgen, obwohl sie nicht uninteressant erschienen.
Der eispickelartige Gegenstand wurde weiter gereicht. Offensichtlich handelte es sich um ein Operationsbesteck. Ich konnte mir schwer vorstellen, für welche Art von OP ein so martialisches Instrument, es war immerhin fast 50 cm lang, benutzt werden konnte.
Mir wurde warm. Aus irgendwelchen Gründen fühlten sich meine Beine weich an, und der rote Teppich fing langsam an, unter meinen Füßen kleine Wellen zu schlagen. Mein Herz schlug schneller und Wortfetzen des Botschafters drangen an mein Ohr:
„...Ein sehr kostengünstiges Verfahren... ...auch wenig fachkundige notwendig...

…Zeitgründe…kurze Betäubung lokal… dauert nur eine Stunde…“
Ich drehte mich um, Alex hatte sich hinter mir in einen Sessel fallen lassen, sein Blick wirkte starr.
Vor meinen Augen begann es immer wieder zu Flimmern. Durch das Zusammenkneifen der Lider konnte ich die kaleidoskopartigen Bilder meiner Umgebung immer wieder verdrängen, dazwischen wieder die Stimme Ackermanns, metallisch dröhnend:
„… Werkzeug unterhalb der Augenhöhle eingeführt, über den Augen entlang… kurzer Schlag, Schädel dort am dünnsten… dann vorschieben bis zu subjektiv eingeschätztem Punkt.“
Die Umstehenden gaben stöhnende Laute von sich, Alex gluckste und flüsterte:
„Siehst du das auch, wenn du die Augen schließt?“
Dr. Reisefleisch war verschwunden.
„…wie gesagt, meist nur lokale Betäubung, manchmal Elektroschocks… zur Befragung der Patienten… Zerstörung der grauen Substanz perfekt bei Beeinträchtigung bei arithmetischen Aufgaben, wenig Blut… dann die andere Seite… Wie gesagt, nur eine Stunde mein Herren, keine Wunden, nur zwei Veilchen an den Augen!“
Irgendetwas stimmte nicht, irgendetwas lief schief, irgendetwas hatte irgendwer in meinen und Alex Drink getan.
Hitze.
Keuchen.
Lächeln.
Vermutlich dieser verdammte Dr. Reisefleisch. Meine Muskeln waren total relaxiert. Ich lehnte mühsam und stark schwitzend an einer Vitrine. Alex

gluckste immer lauter, zunächst bemerkte das keiner, aber als er anfing zu grunzen, drehte sich die Gesellschaft um und nahm zum ersten Mal richtig Notiz von uns.
„Alex!“, zischte ich.
„Halt die Klappe!“
Alex versuchte sich aufzurichten und schrie:
„Und wofür ist der Eispickel jetzt?“
Plötzlich herrschte absolute Stille und irgendwie merkte ich, dass es bald Zeit sein würde, den Raum, besser: das ganze Gebäude, auf dem schnellsten Weg zu verlassen. Ich versuchte, mich langsam zu bewegen und fühlte mich wie am Boden festgeklebt.
Der Gaumen taub.
Der Botschafter hielt das Instrument in den Händen, ging entschlossenen Schrittes auf Alex zu, blieb einen halben Meter vor ihm stehen und richtete den Apparat auf seine Augenhöhle, so dass das spitze Ende beinahe sein Oberlid berührte. Alex bewegte sich nicht und grinste verständnislos. Ich wurde von Panik ergriffen. In was für einen merkwürdigen Zirkus waren wir hier bloß hineingeraten. Ich blickte durch das Zimmer und durchschritt in Gedanken den Weg bis zur Flügeltür, durch die wir gekommen waren. Acht große Schritte sollten reichen, das Problem würde nur Alex sein. Wie sollten wir uns so berauscht und voller Betäubungsmittel nur schnell bewegen können?
Dr. Ackermann holte Luft und sagte:
„Hiermit operierte man noch im 19. Jahrhundert die Homosexualität aus den Köpfen der Menschen!“

Alex kicherte, ich konnte nicht länger warten.

Ohne es wirklich beabsichtigt zu haben, stieß ich gegen die Vitrine, an der ich gelehnt hatte. Mit einem riesigen Krach stürzte sie um, aber zerbrach zum Glück nicht. Nur unter größter Beanspruchung meines Willens bewegten sich meine Beine. Ich schlug Ackermann das Instrument aus der Hand, trat Alex heftig gegen das Bein, griff seine Hand und zerrte ihn aus dem Sessel. Der Schmerz des Beintritts musste ihn etwas aufgeweckt haben, denn er hielt meine Hand festumklammert und ich zog ihn, wie eine Mutter, die mit einem bockigen Kind einkaufen gehen muss, hinter mir her. Ich zählte die Schritte, es mussten mindestens acht gewesen sein, doch die Tür lag merkwürdigerweise immer noch weit von uns entfernt. Ich traute mich nicht, mich umzudrehen, doch Alex tat es. Wir standen immer noch bei den anderen, die uns inzwischen ungläubig anstarrten, allen voran Dr. Ackermann in seinen Pumphosen. Er kratzte sich an der Brust und schien etwas ratlos. Alex schüttelte einem der Leder-Zuhörer die Hand und dann rannte er plötzlich los und riss mich mit zur Tür. Als ob jemand die Slowmotion aufgehoben und dann die Playtaste gedrückt hatte, ging plötzlich alles ganz schnell. Alex riss die Tür auf, und wir stürzten die Marmortreppe hinunter, dabei rupfte er aus Versehen eine der Türklinken ab und warf sie hinter uns, es klirrte erneut. Durch die Eingangshalle, in der ich kurz ausrutschte, rannten wir immer noch Hand in Hand nach draußen. Die langweilige Grillparty war immer noch im Gange, ich griff im Vorbeirennen ein halbvolles Sixpack Kingfisher-Bierdosen, und wir erreichten die Straße.

Die Grillparty-Besucher schauten uns nach, Alex hatte Speichelblasen vor dem Mund und hechelte wie ein Hund. Ich hatte keine Ahnung, wie lange wir bereits gerannt waren, aber es schien uns niemand zu folgen. Das Botschaftsviertel lag hinter uns und an einer vielbefahrenen Straße gestikulierte ich nach einer Rikscha.
Wir hieften uns hinten rein und ich nuschelte zum Fahrer:
„Yusuf Sarai!"
Alex murmelte:
„Da gibt es jetzt Einiges, was du mir nochmal erklären musst, eigentlich hab ich den ganzen Abend nicht ganz verstanden..."
Ich gab ihm eines der Dosenbiere. Der Fahrer hörte das Zischen beim Öffnen und meckerte auf Hindi. Alex gab ihm eine Packung Beedi-Zigaretten, die er einsteckte und fortan nichts mehr sagte.
Mitternacht.
Ich knackte selbst auch ein Bier und ließ mir den Fahrtwind und ein paar Abgase ins Gesicht pusten. Was zur Hölle war in dieser Stadt los? Hier wimmelte es ja vor Verrückten.
Ich weiß nicht warum, aber wir sprachen nie wieder über den Abend bei Dr. Ackermann. Was immer auch in diesen Drinks gewesen war, es ließ mich den gesamten Sonntag schlafen.

Essen Hauptbahnhof, 20:57

Der Dekan ist ein brasilianischer Hazienda-Besitzer. Seine Untergebenen hassen ihn! Ich entschließe mich, in sein Anwesen einzudringen. Dazu muss ich eine List anwenden, um an dem Wach-Ameisenbär vor dem Haupteingang vorbeizukommen. Leise husche ich im Halbdunkel über eine Wiese. Bei jedem Schritt gibt es matschige Geräusche. Meine Füße werden nass und es riecht nach Petroleum. Ich stürme mit vollkommen verdreckten Halbschuhen in die Küche und rufe dem Dienstpersonal zu: „Bringt mir die Flinte, ich werde ihn zur Strecke bringen, ich werde es tun!" Das Personal ist entzückt und tuschelt verhalten. Doch irgendeiner versteht mich total falsch und holt den Dekan aus seinem Schlafzimmer, herunter in die Eingangshalle. Der Dekan zieht dabei einen Bollerwagen hinter sich her, auf dem ein uraltes klobiges EKG-Gerät mit großem Monitor festgeschnallt wurde. Fragende Blicke in meine Richtung. Ich rede mir den Kopf aus der Schlinge und erkläre, ich sei ausschließlich hier, um mir das antike EKG-Gerät anzusehen. Was bin ich für ein Feigling. Inzwischen hat sich eine richtig große Party im Haus entwickelt. Man tanzt eng umschlungen. Es läuft „Nights in white Satin". Ich habe einen großen Schnurrbart und streiche ihn glatt. Dann werfe ich dem Dekan einen trotzigen Blick zu und haue ab.

Alltag

Mein Kopf tat am Montagmorgen ziemlich weh. Sicher hätte er nicht so weh getan, wenn ich noch weitere drei Stunden hätte schlafen können. Aber ich musste mich ja trotzdem im Institut melden und etwas guten Willen beweisen. Ich malte mir aus, mit etwas Glück vor ein Uhr zurück zu sein und im Idealfall wieder im Bett zu liegen. Alex war schon frühmorgens irgendwohin verschwunden, ich hatte nur kurz die Tür gehört. Ich schaute auf meine Armbanduhr. Es war schon 7:45, um 8:30 wollte mich Klaus Mordmüller im Institut sehen. Wenn ich für die Strecke mit der Motorrikscha wieder so lange brauchte wie beim letzten Mal, dann war ich jetzt schon viel zu spät dran. Mit zusammengekniffenen Augen suchte ich nach etwas trinkbarem Wasser. Mein Mund war trocken wie eine verdammte Wüste und ich hatte immer noch den fiesen Nachgeschmack von Betelnüssen im Mund. Ich torkelte ins Bad und putzte mir trocken, nur mit etwas Zahnpasta, schnell die Zähne. Hier roch es immer noch so stark nach Chlor, dass die Augen brannten. Ich zog mir ein frisches kurzärmeliges Hemd an, kratzte etwas Schmutz vom unteren Hosenbein und nahm meine Umhängetasche mit dem Notebook. Im Flur begegnete ich Jaques, er sah auch recht verquollen aus und grinste.
„Arbeit nervt!“
Ich hielt zur Zustimmung nur den Daumen hoch, dann gingen wir schweigsam ein Stück zusammen durch die Gassen bis zur Hauptstraße. An einem

Kiosk kaufte ich mir einen kleinen zugeschweißten Beutel mit eiskaltem Jogurt. Die leicht säuerliche Frische tat sehr gut. Ein günstiger Rikschafahrer war zum Glück schnell gefunden.

Als ich im Institut ankam, war es schon viertel nach neun. Der Verkehr hatte sich wie eine unendlich lange, stinkende Wurst in das Stadtzentrum gedrückt, und ich hatte über eine Stunde gebraucht.
Etwas aufgeregt lief ich wieder in die erste Etage und suchte auf dem langen Flur das Büro, in dem ich bereits am Freitag gewesen war. Die Tür zu Klaus Mordmüllers Vorzimmer stand halb offen, es war niemand da. Höflich klopfte ich an den Türrahmen, und als keine Antwort kam, betrat ich den Raum und ging zur Bürotür. Auch hier zeigte sich nach zweimaligem Klopfen keine Reaktion. Vorsichtig öffnete ich einen Spalt die Tür. Das Zimmer war leer. Es war nicht nur leer, weil Herr Mordmüller nicht drin saß, sondern weil auch keine Stühle mehr darin standen. Der Teppich war weg, die Schreibtischschubladen standen offen, sogar die hässlichen Poster waren von den Wänden entfernt worden. Dort, wo die Poster gehangen hatten, war die Holzvertäfelung etwas heller geblieben. Ratlos und mit einem unwohlen Gefühl im Bauch drehte ich mich um. Auf dem Flur ging gerade jemand vorbei. Es war eine Frau, etwa Mitte 40, mit einem khakifarbenen Kostüm, das bis zum Hals hochgeschlossen war. Ihre Schuhe hatten die gleiche Farbe und recht hohe Absätze. Das Ganze wirkte fast wie eine Uniform.
Eine Fantasieuniform.
Schnell hüpfte ich wieder auf den Flur.
„Entschuldigen sie…“

Die Dame drehte sich um. Ihr Gesicht war heftig überschminkt.
„Wissen Sie, wo Klaus Mordmüller ist, ich hatte eine Verabredung mit ihm!"
Kritisch musterte sie mich. Dann sagte sie nach einigem Zögern:
„Herr Mordmüller wird Ihnen leider nicht zur Verfügung stehen können. Ich muss Ihnen leider sagen, dass alles, was immer Herr Mordmüller mit Ihnen auch verabredet hat, hinfällig ist."
„Aber er ist doch der Chef des Instituts."
„Nein, Herr Mordmüller war nie der Chef dieses Instituts. Das bin ich!"
Mein Blick huschte ganz kurz auf ihr Namensschild und dann wieder auf ihr Gesicht. Sie schien die kurze Überprüfung dennoch gemerkt zu haben und spitzte beim Reden den Mund. Auf dem Namensschild stand *Rita Langhans.*
„Herr Mordmüller war lediglich einer unserer Redakteure, er wurde am Freitag Nachmittag wegen – sagen wir interner Probleme – von seiner Arbeit freigestellt und ist auf dem Weg zurück nach Deutschland. Jetzt entschuldigen Sie mich bitte!"

Innerhalb von einer Minute war mein Plan geplatzt, und gerade weil das vergangene Wochenende ein so positives Gefühl in mir hinterlassen hatte, fiel ich jetzt umso tiefer. *Verdammt!*
Die Khaki-Frau war fast am Ende des Flurs verschwunden, als ich ihr schnell:
„Einen Moment bitte!" hinterherrief und im Laufschritt auf sie zu kam.
„Bitte, ich sollte hier heute als freier Mitarbeiter anfangen!"

Das „*freier*“ hatte ich noch schnell dazu erfunden „Ich sollte Artikel für das Online-Magazin schreiben, Herr Mordmüller hatte alle meine Referenzen.“
„Lassen Sie uns bitte nicht mehr über Mordmüller reden, eine unangenehme Sache.“
Sie zog dabei immer wieder die Augenbrauen hoch, wenn sie den Namen sagte. Dann schaute sie mich erneut von oben bis unten an. Es kam mir so vor, als versuchte sie mich zu scannen, um möglichst rasch ein schnelles Urteil über mich zu fällen. Aus der Nähe roch sie stark nach *Venezia.* An den Ohren hatte sie goldene Ohrclips, die etwas zu schwer waren und ihre Ohrläppchen ein Stück weit nach unten zogen. Sie versuchte, Autorität auszustrahlen, was ihr auch ein Stück weit gelang.
Sie zögerte.
„Wie ist denn Ihr Name?“
„Moritz Kemper.“
„Kemper, Kemper, Ihr Name kommt mir irgendwie bekannt vor.“
Das war der Moment, meinen einzigen Joker auszuspielen.
„Sie kennen vielleicht meinen Vater, Christian Kemper, der hat hier auch einmal vor Jahren gearbeitet.“
Ihre Gesichtszüge erhellten sich kurz.
„Ach ja.“
Es schien tatsächlich ein kurzer Erinnerungsfilm an ihr vorbeizuziehen.
„Freier Mitarbeiter für ein Online-Magazin, haben Sie denn so etwas schon einmal gemacht?“
Ich log ihr was vor, dann drückte ich ihr einen meiner vorgefertigten Texte in die Hand.

Vor der Tür des Instituts atmete ich tief durch und schaute auf die Uhr: Es war elf. Ich konnte es tatsächlich noch schaffen, vor eins wieder im Bett zu sein. Die Kopfschmerzen waren über die Aufregung nicht besser geworden.
Ich hatte noch gerade so die Kurve bekommen.
Frau Langhans hatte mich zur Verwaltung geschickt, dort sollte ich meine Bankverbindung angeben und meine Telefonnummer hinterlassen. Ein Konto hatte ich in Indien nicht, und nach längerem Hin und Her wurde vereinbart, dass ich mir mein Geld in der Verwaltung alle zwei Wochen abholen durfte. Ich bekam 200 Euro im Monat. Nicht viel, aber immerhin genug für einen, für Delhi angemessenen, guten Lebensstandard. Sparen wollte ich sowieso nichts. Ich würde von der Hand in den Mund leben. Das reichte mir.

Die ersten Tage in Delhi flogen nur so dahin. Ich schlief aus, suchte mir ein Frühstück in einem der zahlreichen Snack-Kioske an der Hauptstraße in Yusuf Sarai und ließ mich etwa jeden zweiten Tag kurz im Institut blicken, um einen meiner Texte abzuliefern.
Alex stand meist vor mir auf, machte seine Klimmzüge an der Tür und schlich sich aus dem Zimmer. Meistens ruckelte er beim Rausgehen trotzdem so laut von außen an der Tür, dass ich wach wurde. Ich hatte wirklich keine Ahnung, warum er das machte. Es hörte sich an, als wolle er auf Nummer sicher gehen, dass die Tür geschlossen war, obwohl er ja sogar wusste, dass ich mich noch im Raum befand.

Dieser ganze Ablauf hatte sich schon fast zu einer gewohnten Sache entwickelt. Bis zu einem Morgen, an dem ich mit enormer Übelkeit aufwachte.
Am Vorabend waren Alex, Jaques und ich in ein neues Restaurant gegangen. Jaques hatte das Ziegenfleisch vorher so angepriesen, dass ich es unbedingt probieren wollte.
Nun lief mir eine braune, wässrige Soße aus dem Hintern, ohne dass ich über diese Körperfunktion irgendeine Kontrolle ausüben konnte. Ich rannte nur noch zu dem wackeligen Klo in unserem Zimmer. Mit unglaublichem Druck entleerte ich literweise blutig-wässrigen Durchfall mit relativ großen, unverdauten Ziegenstücken. Ich verfluchte jedes einzelne Ziegenstück vor dem Spülen, doch das war erst der Anfang. Alex schloss gerade die Tür auf und brauchte nicht lange, um meine prekäre Situation zu verstehen. Erstens, weil es in dem kleinen stickigen Raum erbärmlich stank, und zweitens, weil die Klotür nie ganz schloss und man sich gewissermaßen gegenseitig beim Kacken zusehen konnte. Am Anfang ging immer einer aus Anstand auf den kleinen Balkon, nach einer Weile war uns auch das egal geworden. So lernte man sich kennen. Anstatt lange an der Tür zu stehen, kam Alex zu mir und brachte mir Wasser.

Die verdorbene alte Ziege brauchte insgesamt vier Tage, um vollständig meinen Darm zu verlassen. Egal was ich oben rein schüttete, es kam innerhalb weniger Minuten wieder unten raus. Die Toilettengänge kündigten sich durch kurze Krämpfe im Bauch an. Dann wusste ich, dass die Uhr tickte, ca. zehn Sekunden später brach das braune Inferno los. Die Toilettenabstände wurden so kurz, dass ich begann, mich nackt und total verschwitzt in dem kleinen Bad einzurichten. Mein Notebook stand vor meinen Füßen, außerdem mehrere Flaschen Wasser und ein Stück Brot. Phasenweise schlief ich, mit dem Kopf an die Wand gelehnt, vor Erschöpfung ein. Zum Kotzen brauchte ich meinen Kopf nur bequem nach rechts ins Waschbecken zu hängen. Gegen die Kopfschmerzen schüttete ich mir Tütchen mit Salz, die ich im Flugzeug eingesteckt hatte, in den Mund. Es wirkte erstaunlich gut. Wenn gerade nichts aus mir herauslief, schaute ich Filme auf dem Laptop an. Auf diese Weise schaffte ich es, einen ganzen Tag auf der Toilette zu verbringen. Der Hintern tat zwar von dem Dauersitzen erheblich weh, aber es war immer noch besser, als sich selbst ins Bett zu scheißen.

Bochum Hauptbahnhof, 21:09

Eine achteckige, hölzerne Berghütte.
Ausgestopfte Tiere hängen an den Wänden und stehen in Regalen. Ihre Augen sind aus Glas und starren auf mich herab. Luchse, Adler und ein Murmeltier. Das Murmeltier beobachtet mich besonders streng. Eine Tür ist nicht zu finden. Alles ist aus Holz. Das Holz atmet mir die ganze Luft weg. Nirgendwo ein Astloch, durch das frische Luft kommen kann. Ich habe vier Barbour-Jacken übereinander an und fühle mich wie eine Babuschka-Puppe. Ich schwitze stark und suche einen Ausweg. Dann senkt sich die Decke langsam herab. Das Murmeltier sieht aus, als würde es einen Mundwinkel hochziehen, während es sieht, wie ich nur noch gebückt stehen kann. Die Regale brechen zusammen. Ich hocke, Luchs und Murmeltier fallen vor meine Füße, sie sind staubig und lächeln mich brutal an.

Tollwut

Ich schaute meist nur sehr kurz im Institut vorbei, weil ich sehr viel Wert darauf legte, möglichst nicht den anderen Praktikanten zu begegnen. Bei einer meiner Stippvisiten hatte ich sogar mit einem Ohr mitbekommen, wie sie offensichtlich abfällig über mich redeten. Aber diese Idioten konnten mir egal sein. Ich lieferte vernünftige Arbeit ab und konnte mir mein Geld immer pünktlich abholen.
An einem etwas kühleren Morgen lieferte ich einen Text über Deutschland und die 1968er-Generation beim Redakteur des Online-Magazins ab. Als ich mich schnell nach draußen schleichen wollte, traf ich auf dem Flur Rita Langhans, die Chefin. Ich wusste, dass mein weiterer Aufenthalt in Delhi im Wesentlichen von ihrem Wohlwollen abhängig war, also legte ich mein strahlendstes Lächeln auf.
„Sie liefern hier doch immer ganz gute Beiträge ab, Kemper! Das Holi-Fest steht vor der Tür, wie wäre es, wenn sie einen Artikel darüber schreiben? Vergleichen Sie das indische Fest doch einfach mit dem rheinischen Karneval! Was halten Sie davon?“
Ich war etwas vor den Kopf gestoßen, spielte aber reflexartig den Erfreuten:
„Ja, das ist eine großartige Idee, gerne!“
Es folgten noch einige Smalltalk-Fetzen, und dann verzog ich mich wieder rasch, bevor mir jemand noch mehr Arbeit aufdrücken konnte.
Wenn ich eines nicht leiden konnte, dann war es Karneval, und ich war mir sicher, dass ich diese Abneigung wohl kaum aus meinem Text heraushalten

konnte, um ihn damit höchstwahrscheinlich zu ruinieren. Wie auch immer, es war ein Job und er bewirkte, dass ich in dem Laden weiterarbeiten konnte.

Ich fuhr zurück nach Yusuf Sarai und ging ins *Cafè Raj*, wo ich mit Alex zum Frühstücken verabredet war. Das kleine Cafè lag direkt am *Lohdi-Park*, und von der Terrasse aus hatte man einen fabelhaften Blick über die Grünanlagen, die im Kontrast zu unserer sonstigen staubig-grauen Umgebung eine willkommene Abwechslung boten. Der Park war ein beliebter Pärchentreffpunkt. Denn seine zahlreichen Hecken und Winkel boten in der sonst sehr konservativen Gesellschaft einen idealen und diskreten Treffpunkt für jegliche Intimitäten zwischen Menschen.
Alex saß schon auf der Holzterrasse und schlürfte aus einer großen Tasse Chai-Tee. Ich ließ mich neben ihn in einen gepolsterten Korbsessel fallen.
Wir bestellten beide gebratene Eier, Toast und Kaffee. Ich gönnte mir noch einen Ananassaft. Obwohl es in der Nacht kurz geregnet hatte und der Rasen noch feucht war, gab es im Park schon zahlreiche Besucher. Während ich mich hungrig über den Toast hermachte und den Saft auf einmal austrank, suchte Alex angestrengt mit zusammengekniffenen Augen den Park ab, bis er schließlich, wie ein Jäger der seine Beute gefunden hatte, mir ein Handzeichen gab und leise zischte:
„Da sind wieder zwei!"
Ich schaute in seine Richtung, und dort saß tatsächlich ein junger Mann im hellen Hemd, an einen Baum gelehnt und neben ihm eine Frau im dunkelblauen Sari. Sie hatte ihren Schal über seinen

Schoß gelegt, und selbst auf diese Entfernung konnte man deutlich sehen, dass ihre Hand unter dem Schal verschwand und sich auf und ab bewegte. Es war ein merkwürdiges Schauspiel am frühen Morgen. Allein die Tatsache, beim Frühstück in aller Öffentlichkeit zwei Menschen beim Sex zuzusehen, war schon verstörend. Dazu kam noch, dass es Alex offensichtlich anmachte, die beiden zu beobachten. Weiß der Himmel wie oft er zuvor schon hierher gekommen war. Alex Gedanken waren schmutziger als die Hände eines Drogendealers. Letzten Endes war es mir auch egal. Dieses Land war sowieso verrückt. Alex passte also perfekt hierher.

Der Lohdi-Park war aber auch ein idealer Ort zum Joggen. Früher war ich sehr häufig laufen gewesen, und es hatte mir immer das Gefühl gegeben, die Kontrolle über die Dinge zu bewahren. Seit Jahren habe ich nun nicht mehr gejoggt. Vielleicht war es Delhi mit seinem heillosen täglichen Chaos, vielleicht war es aber auch mein eigener zielloser Lebenswandel, jedenfalls entschied ich mich, wieder abends laufen zu gehen. So konnte ich meinen Kopf frei bekommen. Meine Gedanken ordnen. Wahrscheinlich wollte ich aber auch nur abends im Bett liegen und das Gefühl haben, am Tag wenigstens irgendetwas Sinnvolles getan zu haben.

Als ich mich das erste Mal abends heraus wagte, um zum Lohdi-Park zu rennen, wurde mir schon nach 20 Metern klar, dass es nicht unbedingt die beste Idee gewesen war, in einer Millionen-Stadt mit Abgasen und Smog viele tiefe Atemzüge zu nehmen. Japsend hielt ich nach weiteren 100 Metern an und stütze

mich auf meine Knie. Ich fühlte mich wie ein alter Mann. Mein Herz raste, das Rauchen und das häufige Trinken hatten zudem ohne Zweifel ihre Spuren hinterlassen. Der Schweiß lief mir die Beine herunter und tropfte auf den Boden. Ich hätte genauso gut nachmittags laufen gehen können, denn subjektiv war kein Temperaturunterschied zu spüren. Es wurde in dieser Stadt einfach nicht kühler.
Ich hatte auf einem Markt billige, gebrauchte und schon sehr nach Schweiß stinkende Nike-Turnschuhe bekommen. Mit ein wenig Waschmittel aus der Tube sahen sie aber wieder wie neu aus und standen mir recht gut, wie ich fand. Trotz aller widrigen Zeichen, die mein Körper versuchte in mein Bewusstsein zu schicken, lief ich langsam weiter und fand schließlich meinen Rhythmus.
Starry Starry Night.
Die grüne Lunge des Lodhi-Parks tat sein Übriges, und so konnte ich bald die ersten Runden ohne Unterbrechung durchlaufen. Ich begann nachts besser zu schlafen, ich fühlte beim Aufstehen Schmerzen in meinen Waden und Oberschenkeln und genoss das wachsende Gefühl, meiner alten Kondition wieder näher zu kommen. Wenn ich nach Hause kam, hatte Alex meist schon einen Beutel Eis geholt und wartete mit kaltem Kingfisher Bier auf mich. Er saß dann schon auf dem Balkon, ich setzte mich schweigend neben ihn, trank das Bier und fühlte mich großartig.

Es war einer dieser Abende, den wir wieder auf dem Balkon ausklingen ließen, als Alex plötzlich aufsprang und unbedingt noch ausgehen wollte. Da er merkte, dass ich eher weniger Lust hatte, mich zu später Stunde noch in irgendein Menschengewühl zu

begeben, fing er an, schillernde Bilder von uns beiden in Bars zu entwerfen.
Schwungvoll sprach er von einem kleinen Feierabend-Drink und davon, sich dann nach Hause *treiben* zu lassen. *Vom Glück der Nacht besudelt.*
Er hatte mich schnell überredet. Wir nahmen ein Taxi zum Connaught-Place.

Auf dem Nachhauseweg wurde ich von einem Hund gebissen.
Alex und ich waren etwas angetrunken und liefen durch die kleinen Gassen von Yusuf Sarai. *Hey Kid RocknRoll, nobody tells you where to go.* Wahrscheinlich war ich, ohne es zu wissen, in das Territorium des Hundes eingedrungen oder hatte ihn erschreckt. Er kam lautlos, ohne vorher zu bellen, aus einer Nische und biss sich kurz in meinem Unterarm fest. Ich war sehr erschrocken und schüttelte den Arm. Der Hund, der gar nicht mal so groß war, ließ mich sofort los und knurrte finster, während wir wegrannten.
Das Hemd hatte einige Bisslöcher, und ein warmes klebriges Gefühl breitete sich auf meiner Handfläche aus. Nervenflimmern, Endorphine. Ich blutete, es tropfte. Als wir weit genug gelaufen waren, zog mich Alex an sich und zündete sein Benzinfeuerzeug an, um die Wunde zu untersuchen. Erst als ich die Bisslöcher sah, tat es weh. Alex atmete tief ein, dann zündete er sich an dem Feuerzeug eine Kippe an, saugte gierig den Rauch ein und ließ es zuschnappen.
„Bist du gegen Tollwut geimpft?“
Hell Yeah. Nein. Ich wusste es nicht genau. Alex zog mich am Arm und erklärte, dass wir dann jetzt in die Notaufnahme latschen müssten. Ich bräuchte einige

Spritzen und die Wunde müsste gereinigt werden. Ich ärgerte mich ein bisschen, vor allem als Alex anfing, mir alles, was er über Tollwut wusste, zu erzählen:
„Das ist eine ganz merkwürdige Infektion. Erst hast du furchtbaren Durst, dann wieder ekelst du dich vor Wasser, bekommst Schlundkrämpfe und Halluzinationen. Und dann bist du auch schon tot.“ *Toll.* Trotzdem war ich froh, dass er grade jetzt da war.

Die Notaufnahme des AIIMS um drei Uhr nachts war kein Ort, an dem man sich gerne freiwillig aufhielt. Vor der Tür war eine immens lange Schlange von wartenden Menschen, die, beim näheren Hinsehen, alle irgendwelche kleineren oder größeren blutenden Wunden hatten und von den Wachleuten teilweise mit sehr ruppigem Ton draußen gehalten wurden. Alex zeigte ihnen seinen AIIMS-Ausweis und sie ließen uns sofort herein.
Drinnen herrschte noch größeres Chaos. So hatte ich mir die Feldlazarette im ersten Weltkrieg vorgestellt. Es war stickig, überall lagen Verwundete, zum Teil bewusstlos, die meisten jedoch jämmerlich schreiend auf Liegen oder auf Decken auf den Flurfußböden. Alex erklärte, das wäre ein ganz normaler Zustand, in einer ganz normalen Nacht. Auf Zehenspitzen führte er mich durch die vielen Schwerverletzten auf dem Boden in einen Raum, in dem gerade auf drei Liegen gleichzeitig Unfallopfer zusammengenäht wurden. Die meisten regten sich nicht mehr. Alex sagte lakonisch:
„Die werden hier nur notdürftig zusammengeflickt und gehen dann, wenn sie noch leben, irgendwann in den OP. Hast du noch ein paar Rupien?“

Ich hatte noch einen Tausender in der Tasche und ein paar kleine staubige Scheine. Alex nahm alles und meinte, er wäre gleich wieder da. Ich setzte mich auf einen Stuhl in der Ecke. Ein etwa gleichaltriger Mann lag auf einer Liege vor mir und öffnete gelegentlich die Augen. Wir schauten uns an. Der Verband an seiner Schläfe sog sich nach und nach immer weiter mit Blut voll.
Die drei Pfleger, die hier alleine das Nähzimmer versorgten, kümmerten sich gerade um einen anderen Patienten, der alkoholisiert vor einen Bus gerannt war. Als der Typ anfing rumzupöbeln, sah ich, wie der Kräftigere von beiden dem Verletzten mit voller Wucht eine Ohrfeige verpasste und ihn auf Hindi anschrie. Daraufhin hielt er still und blieb liegen.

Meine Wunde hatte inzwischen aufgehört zu bluten. Neben mir stand ein kleiner Metallcontainer mit Mullbinden, ich nahm mir zwei heraus und wickelte sie um meinen Arm. Der Mann auf der Pritsche vor mir öffnete wieder die Augenlider und schaute mich an. Dann bewegte er die Lippen und formte Wörter, die ich nicht verstehen konnte. Er seufzte leicht und schloss wieder die Augen. Ich nahm eine Handvoll Mullbinden, stand auf und drückte sie ihm auf den durchgebluteten Kopfverband. Ich konnte sehen, dass das Blut bereits hinter seinem Kopf eine kleine Pfütze gebildet hatte.
Kurze Zeit später kam Alex mit einer kleinen Papiertüte in der Hand wieder. Er warf einen Blick auf den Mann vor mir und murmelte leise und etwas genervt:
„Der atmet nicht mehr, sieht man doch, warum gehst du mit deiner Wunde so nah an sein Blut ran?“

Mein Magen zog sich zusammen.
Ein leiser, hochfrequenter Ton in meinen Ohren.
Die Luft fühlte sich auf einmal noch schwerer an. Ich sah den Raum wie in einem langsamen Rückwärtszoom vor mir länger werden.
Drehschwindel.
Alex große Hände drückten mich auf den Stuhl zurück.
„Setz dich mal da hin!“
Alex packte einige Ampullen aus der Papiertüte, Nahtmaterial und einzeln verpacktes Verbandszeug, dann ging er über den schmutzigen Boden in eine Ecke und holte mit einer Zange Instrumente aus einer Wanne mit Flüssigkeit. Ich sah, dass sie beim Abtropfen eine rostrote Farbe hatte.
Alex wusch die Instrumente ab und legte sie kurz in einen Automaten, der aussah wie aus dem Zweiten Weltkrieg. Das Ding dampfte seitlich und zischte. Ich nahm mir vor zu glauben, dass jetzt alles steril war.
Während die Pfleger sich lautstark lachend gegenseitig lustige Geschichten erzählten, begann Alex die Bisswunde zu säubern und nähte einen größeren Riss zusammen. Vorher hatte er mich am Arm lokal betäubt, so spürte ich nur ein leichtes Zwicken.
Ich war beeindruckt von der Fingerfertigkeit, mit der Alex trotz der vielen Drinks Knoten knüpfte, und wie geschickt er die kleine gebogene Nadel führte. *Advantage Moritz.* Am Rücken lief mir der Schweiß herunter und tropfte auf den Boden.
Vermutlich um mich abzulenken, erzählte mir Alex die merkwürdige Story von einem Pathologen, der nach dem Tod von Albert Einstein gegen dessen Willen heimlich sein Gehirn entfernt hatte und es in einem Einmachglas jahrelang mit sich herumtrug.

„Der Typ ist erst Jahre später von einem Privatdetektiv erwischt worden und hat erst dann das Gehirn zurückgegeben!“
„Medizinerhumor…“, stieß ich hervor.
„Nee, die Wahrheit!“
Nachdem ich einen Verband bekommen hatte, musste ich aufstehen und bekam einige Spritzen. Zwei gegen Tollwut, und zwei gegen Wundstarrkrampf, die letzte Spritze stach mir Alex in den rechten Oberschenkel. Als die Nadel mit der Spritze in meinem Bein steckte, musste ich mich setzen, noch mehr Schweiß lief mir den Rücken herunter.

Ich bin etwa acht Jahre alt. Im Garten meiner Großeltern spiele ich im Sommer unter dem alten Walnussbaum. Die Dartscheibe habe ich in Kopfhöhe angebracht. Ich will mich gerade umdrehen, als mich irgendetwas anspringt und ins Bein beißt. Mein Oberschenkel tut weh und mein Kumpel Hendrik aus der Nachbarschaft murmelt „Entschuldigung“, während er sich aus dem Staub macht. Der Dartpfeil wippt beim Laufen auf und ab. Ich stelle mir vor, wie bereits meine ganze Hose blutgetränkt an mir klebt. Mein Vater zieht den Dartpfeil raus und sprüht etwas Kaltes drüber. Es kommt nicht einmal ein Tropfen Blut aus meinem Bein.

„So, lass uns abhauen von hier. Deine Verbandswechsel machen wir lieber morgen bei uns! Die Fäden kannst du dir nach zehn Tagen auch selber entfernen.“
Ich saß ziemlich zusammengesackt da und starrte immer noch auf die Pritsche gegenüber. Ich hatte die ganze Zeit kaum ein Wort gesagt.

Große Kirmes der Gefühle.
„Na komm schon!“
Als wir nach draußen gingen, sah ich, wie Alex einige Ärzte grüßte. Ich fühlte mich benommen und bemerkte, wie sie uns zulächelten. Einige von ihnen standen um eine Pritsche und führten eine Wiederbelebung durch. Einer der Ärzte, ein ganz jung aussehender, unterbrach kurz die Herzdruckmassage, um die Hand zum Gruß zu heben.
„Das ist Balu.“
Sagte Alex zu mir und erwiderte seinen Gruß.
„Der ist auch erst seit ein paar Wochen hier.“
Der junge Mann sah in der Tat noch frischer aus.
Alex machte auf mich einen sehr lockeren Eindruck, was seine Arbeit in diesem Krankenhaus betraf. Er kam immer ein bisschen zu spät, manchmal machte er auch einfach so mal einen Tag frei. Ich erinnere mich, dass seine indischen Kollegen ihn immer irgendwie be- und verwundert ansahen. Erst später las ich irgendwo, dass sich jedes Jahr etwa 75.000 Menschen um einen Studienplatz am AIIMS bewarben, davon wurden jedoch nur 0,06 % pro Jahr zugelassen. Wer hier arbeitete und studierte gehörte zwangsläufig einer Elite an. Alex schien den Laden mit seiner bestimmten, aber meistens halbernsten Art und seiner Fähigkeit, auch ständig über sich selbst lachen zu können, erheblich zu verstören. Ich glaube, deswegen imponierte er den meisten indischen Kollegen, egal wo er auftauchte.

Dortmund Hauptbahnof, 21:21

Ich habe vier Tassen Kaffee getrunken und schnell enormes Seitenstechen bekommen. Ich bin viel zu früh hier. In dem Café muss ich mit Kartoffelchips bezahlen. Für jede Tasse zwei Chips von mittlerer Größe. Die Serviererin ist etwas korpulent. Sie fährt auf Rollschuhen von Tisch zu Tisch. Auf ihrem Namensschild steht Marcy. Aus meiner Portemonnaie-Tüte zähle ich acht Kartoffelchips auf den Tisch. Marcy schlägt mit der flachen Hand den Stapel in kleine Krümel. Dann schiebt sie mit der einen Hand auf dem Tisch die fettigen Krümel zusammen und wirft sie sich mit der anderen Hand in den Mund. Dabei lächelt sie leicht und hält Blickkontakt zu mir.

Oh, sage ich.

Marcy rollt hinter den Tresen und ich nehme meinen Trenchcoat, meinen braunen Hut und gehe vor die Tür. Im Krankenhaus gegenüber nehme ich Platz im Wartezimmer. Auf der Tür steht: J. P. Herzmasseur. Eine Vorzimmerdame bittet mich hereinzukommen. Ich lege mein Oberhemd ab. Die Vorzimmerdame nimmt es schweigend und hängt es in einen Metallspind. Mit einem Filzstift schreibt sie umständlich meinen Vornamen auf ein Holzbrettchen. Dieses legt sie auf den Boden und schiebt es mit einer ruckartigen Fußbewegung zu mir hinüber. Ich nehme das Schild und werde in einen Raum ohne Fenster geführt. Ein Mann im Unterhemd steht hier und blickt in eine Ecke. Als ich reinkomme, dreht er sich um. Er hat einen hübschen Schnurrbart. Um seinen Hals

trägt er in goldenen Buchstaben an einer Goldkette seinen Namen: Jean Paul. Er nickt mir zu und ich lege mich auf eine, auf dem Boden liegende, Matratze mit braunem Cordbezug.
Die Herzmassage dauert zehn Minuten. Jean Paul nimmt anschließend das Holzbrettchen mit meinem Namen und schlägt es mit einem Nagel und einem Hammer an die Wand neben zahlreiche andere Brettchen. Mein Hemd ziehe ich wieder über und gehe. Beim Rausgehen fühle ich mich schon deutlich besser.

Abgründe

Jedesmal wenn wir unser Apartment verließen, drehte sich Alex wieder nach fünf Metern um und kontrollierte durch Ruckeln an der Türklinke, ob er die Zimmertür auch wirklich zweimal abgeschlossen hatte. Das Schloss war so marode und klapprig, dass sicherlich nur ein einziger Fußtritt gereicht hätte, um die Tür zu öffnen. Doch als ich Alex während seiner Kontrolle zurief:
„Lass doch gut sein, das Ding kriegt doch eh jeder auf!“, drehte er sich ruckartig um und schrie mir lautstark ins Gesicht:
„Jetzt muss ich wieder von vorne anfangen!“
Ich war total verschreckt und hielt lieber meinen Mund. Schweigend gingen wir essen.
Als wir abends beim Bier trinken auf unserem Balkon saßen, sprach ich ihn auf seinen Wutausbruch an. Ich ahnte die ganze Zeit schon, dass irgendetwas an Alex Verhalten seine tieferen Gründe haben musste. Er fummelte sich eine Zigarette aus der Schachtel und ging in unser Apartment. Ich hörte das Geräusch des Benzinfeuerzeugs und roch den Geruch einer frisch angezündeten Kippe. Er atmete schwer ein, blies die Luft ebenso vernehmlich wieder aus und trat wieder auf den Balkon. Erst dachte ich, er hätte meine Frage nicht verstanden, dann begann er plötzlich in leisem Ton zu reden.
„Magst du Horrorgeschichten?“
„Ja, schon!“, log ich.
Ich hasste Horrorgeschichten.

„Also, ich habe das nicht böse gemeint, als ich dich angeschrien habe."
Seine Stimme klang jetzt fast kleinlaut, und ich schämte mich sogar, das Thema überhaupt angesprochen zu haben.
„Weißt du noch, was du im Sommer 1995 gemacht hast?"
Ich überlegte kurz.
„Ich glaube, ich war mit meinen Eltern in den Sommerferien in Spanien."
Alex setzte sich und zog wütend an der Zigarette. Dann schlug er sich klatschend mit der flachen Hand auf die Oberschenkel.
„Jeder war im Sommer `95 in den Ferien, meine Eltern und meine Schwester waren auch in den Ferien in Spanien. Nur ich durfte in Deutschland bleiben, weil meine Eltern meinten, es wäre besser, mich mal richtig behandeln zu lassen."

Alex fing an, in ruhigerer Stimme alles über seinen Sommer `95 zu erzählen. Er berichtete von den ersten Besuchen beim Kinder- und Jugendpsychiater, nachdem er zu Hause acht Stunden lang in der Küche an einem Fleck stehengeblieben war, um den Herd zu kontrollieren. Seine Eltern hatten ihn nassgeschwitzt und zitternd gefunden, als sie nachmittags von der Arbeit kamen. Er war morgens nicht mehr in der Lage gewesen, zur Schule zu gehen, weil seine Eltern an diesem Tag vor ihm das Haus verlassen hatten. Bei seinem gewohnten Kontrollrundgang war er einfach am Herd kleben geblieben.
Vorher war es ihm immer gelungen, den Kontrollzwang vor seiner Familie zu verstecken. Doch an diesem Tag hatte er nicht wie sonst einen

Weg aus dem Teufelskreis der Kontrollen finden können, und seine Eltern bemängelten, *dass der Junge nicht ganz normal sei.*
Alex erzählte mir, dass seine Eltern sein Verhalten nicht verstanden und ihm ebenso wenig aus der verworrenen Welt seiner Zwänge heraushelfen konnten oder wollten.
Er wurde täglich beobachtet: sein Kontrollieren der Fenster, der Uhren und der Wasserhähne vor dem Schlafengehen, und das nächtliche Aufstehen, um die gesamte Kontrollrunde zu wiederholen. Seine Eltern bekamen alles mit und entschieden sich, Alex über die Sommerferien in eine Anstalt zu schaffen. So erhofften sie sich, nach ihrem Urlaub einen normalen Sohn zurückzubekommen.

„Ich war sechs Wochen mit einem dicken Neunjährigen in einem Zimmer. Was für eine blöde Idee, mich mit dem zusammenzulegen.
„Warum?“, war das Erste, was ich nach langem Schweigen sagte.
„Weil der kleine Penner einen Zählzwang hatte. Die dachten wahrscheinlich, dass man die Zwangsgestörten am besten alle zusammen bunkert! Geholfen habe ich mir dann aber selbst.“
„Wie denn das?“, fragte ich nach.
„In diesem Sommer habe ich angefangen, zwischen den vielen Therapiesitzungen, dem therapeutischen Malen und Basteln und dem ganzen anderen Quatsch, Vampirbücher zu lesen. Da gab es eine große Bücherei in dem Trakt für Erwachsene. Da habe ich mich immer rein geschlichen und die Bücher in mein Zimmer geschmuggelt. Unter den Vampirbüchern gab es eins mit Werwölfen, die gegen Vampire

kämpften. Die Story an sich war total bescheuert, aber als ich die ersten Zeilen über Werwölfe gelesen hab, hat sich einiges für mich verändert."

Jetzt redete er wieder erregter und zündete sich noch eine Kippe an der alten an.
„Weißt du wie man den Werwolf im Rheinland nennt?"
Ich schüttelte den Kopf.
Er erzählte mir, dass der Werwolf im Rheinland *Stüpp* genannt wird. Alex war in der Nähe von Köln aufgewachsen. Im Gegensatz zu den vielen Sagen und Geschichten über blutrünstige menschenzerfleischende Werwölfe gruselten sich die Menschen dort vor dem *Stüpp* aus einem anderen Grund.
Alex benutzte jetzt beim Erzählen immer stärker seine Hände und begleitete alle Sätze mit gestenreichen Darstellungen. Er verriet mir, dass er in der Anstaltsbibliothek herausgefunden hatte, dass der Stüpp den Menschen bei Vollmond auflauerte und sie von hinten aus einer dunklen Ecke ansprang, um sich auf dem Rücken festzuhalten und auf diese Weise tragen zu lassen.
Alex machte eine Klauenhand vor meinem Gesicht.
Er benahm sich genau so schräg wie bei den meisten Dingen die er erzählte, aber ich wusste genau, dass es ihm hierbei ernster war. Ich verzog keine Miene und nickte nur mit dem Kopf.
„Das Besondere an dem Stüpp ist, dass er, sobald er dir aufgelauert hat und auf deinem Rücken sitzt, mit jedem Schritt, den du gehst, schwerer wird. Es gibt wenige Chancen, ihn wieder loszuwerden, denn mit jedem Versuch ihn abzuschütteln, wird er noch schwerer. Du trägst den Scheißkerl so lange mit dir

herum, bis du wahnsinnig vor Angst bist und schließlich unter seinem Gewicht zusammenbrichst…“ „Und dann“, Alex machte wieder eine kurze Pause, zog gierig an der Zigarette und sagte, während ihm der Rauch aus Mund und Nase quoll:
„Dann bist du tot…“
Er schaute in den Himmel.
Alex erklärte mir, wie er in diesem Sommer ohne die Hilfe der Ärzte, nur mit seinen eigenen Vorstellungen und Gedankentechniken beschloss, einfach keine Angst mehr zu haben und seinen Stüpp vom Rücken zu werfen.
„Man darf dem Zwang schon ab dem ersten Moment keine Angst zeigen. Verstehst du Mann, ich hab mich selbst therapiert!“
Dabei klopfte er sich mit der Faust an seinen Schädel und nahm einen großen Schluck Bier.
„Ich habe ab und zu noch ein paar Probleme, aber diese ganze alte Scheiße kommt nicht mehr wieder! Ich hab meinen Werwolf abgeschüttelt! Da draußen laufen Leute rum, die ihren persönlichen Stüpp ihr Leben lang mit sich herumtragen, weil sie vor jedem Scheiß Angst haben und wegrennen. Ich renne vor nix mehr weg!“
Ich bin der verdammte Werwolf-Killer!

In den folgenden Tagen sah mich Alex häufig verschmitzt an, wenn er unser Türschloss kontrollierte. Ich lachte meist, und wenn ich dann noch eine Judobewegung machte, so als würde ich einen Gegner vom Rücken werfen, dann lachte Alex auch.

Die ersten Wochen flogen nur so dahin, und ich konnte wirklich sagen, dass ich mich sehr wohl fühlte

in der Gesellschaft von Alex. Aber auch Jaques und die Griechinnen waren nett. Abends gingen wir zusammen essen, saßen später dann meistens auf dem Dach, tranken Bier und beobachteten das bunte Treiben auf der Straße.
Insgesamt waren es die angenehmsten Wochen in Yusuf Sarai. Nur zwei Dinge störten mich:
Erstens, dass ich so häufig im Institut beim Abliefern meiner Texte mit den schnöseligen jungen Mitarbeitern aneinander geriet, sie hielten mich scheinbar für einen enormen Konkurrenten in dem Job und kamen nicht mit meiner lockeren Arbeitsweise klar.
Zweitens: Nick Limburger, ein Mediziner aus Deutschland, der im Raum über uns wohnte. Ein Polytoxikomane und Exzentriker, der jeden Tag aufs Neue keinen Hehl daraus machte, dass er die Tatsache, bald ein fertig ausgebildeter Arzt zu sein, an sich selbst unglaublich geil fand. Nick trank ohne Pause, und wenn er am frühen Abend bereits furchtbar betrunken war, schrie er vor sich hin. Manchmal warf er einen seiner Plastikstühle vom Balkon und schimpfte über alle *„indischen Arschgeigen"*. Ich glaube, die Vermieter hatten Angst vor ihm. Gelegentlich stand er vor unserer Tür und klopfte völlig besoffen stundenlang dagegen. Er sah erbärmlich aus in seinen abgewetzten Adidas-Klamotten, dem sonnenverbrannten Gesicht und dem irren Blick. Auf einem Flohmarkt hatte er sich eine nordkoreanische Armeejacke gekauft, die er sich häufig anzog und dann im Stechschritt auf dem Flur auf und ab marschierte. Ich freute mich immer sehr, wenn er wieder weg war.

Ich erinnere mich noch an einen Abend, an dem er wieder bei uns reinplatzte. Sein Gesicht war wund und blutig, die rechte Wange eine einzige Schürfwunde. Nick hatte sich notdürftig Klopapier drauf gelegt. Seine Kleidung sah genauso zerschlissen aus. Stolz erzählte er uns von seinem Wochenendtrip nach Goa und den „voll hippen Full-Moon-Partys", die dort jeden Tag, ob Vollmond oder nicht, gefeiert wurden. Er hatte von irgendwelchen Leuten Pillen bekommen und die ganze Nacht durchgetanzt. Im Morgengrauen hatte er den Weg zu seinem Bungalow nicht mehr gefunden und war eine drei Meter hohe Klippe vorwärts hinuntergestürzt. Unten war er auf einem, mit Korallen gespicktem Felsen, liegen geblieben und erst von Strandspaziergängern nach einer Weile geweckt worden. Für Nick war das *die* Sensationsstory. Vielleicht wollte er mir mit dieser Geschichte irgendetwas beweisen oder brauchte Aufmerksamkeit. Ich weiß es nicht.
Eines Abends sagte Alex vollkommen aus dem Zusammenhang gerissen:
„Moritz, ich glaube dieser Nick ist halb Wolf und halb Mensch: die eine Seite will ständig ficken, saufen und zerstören, die andere will denken, lesen und lachen…"
So verstörend diese Aussage auch war, vermutlich traf sie für die meisten von uns trotzdem zu.

Ich dachte in der gleichen Nacht viel über Freundschaft nach. Die Freundschaft, die mir Alex jeden Tag entgegengebracht hatte, vermittelte mir, vor allem wegen seiner Offenherzigkeit, ein lange nicht mehr empfundenes und daher nahezu verloren geglaubtes Gefühl. Erinnerungen, die ich in den letzten Jahren einigermaßen erfolgreich verdrängt hatte, kamen auf einmal wieder. Verwaschen und unscharf an den Stellen, die ich versucht hatte zu vergessen, aber schmerzlich detailgetreu in den Momenten, die ich nicht verlieren wollte.

Ich erinnerte mich an diese warme Sommernacht, das Fenster in meinem Kinderzimmer stand halb offen, über mir lag nur eine leichte Sommerdecke, aber ich schwitzte trotzdem. Die Luft drückte alles immer schwerer nach unten, und es war nur eine Frage von wenigen Minuten, bis endlich das ersehnte Gewitter die erhoffte Abkühlung brachte. Mein Zimmer lag unter dem Dach, und so staute sich im Sommer die meiste Hitze immer in meinen kleinen vier Wänden. Trotzdem war es mir lieber so, denn hier hatte ich meine Ruhe. Mit dem Gedanken, wahrscheinlich viel besser schlafen zu können, wenn der Regen endlich eingesetzt hatte, setzte ich mich auf und griff nach meiner Brille. Die kleinen Leuchtziffern meines Weckers verrieten die Uhrzeit: Kurz nach Mitternacht. Morgen musste ich wieder in die Schule. Das Wochenende war viel zu schnell vergangen. Bald würde es Zeugnisse und Sommerferien geben. Am meisten interessierte mich aber, ob Hendrik auch wegen des Gewitters nicht schlafen konnte, also stand ich auf, ging zu meinem Schreibtisch und schaute durch die Vorhänge aus meinem Dachgiebelfenster hinaus.

Hendrik war mein bester Freund. Er war wie ich 13 Jahre alt und wir kannten uns seit dem Kindergarten. Wir verbrachten eigentlich jede freie Minute miteinander, bastelten die gleichen Modellbaukästen zusammen, saßen in der Schule seit der ersten Klasse

nebeneinander und hatten Geheimnisse miteinander, deren tieferen Sinn man nur als Dreizehnjähriger verstehen konnte.
Vor zwei Jahren war er zu meiner größten Freude auch noch in meine nächste Umgebung gezogen. Seine Eltern hatten das Haus gegenüber dem kleinen Dorfmarktplatz bezogen. Ein altes Fachwerkhaus mit steilen Treppen im Inneren und sehr gemütlich. Unser Haus lag schräg gegenüber, nur 100 Meter Luftlinie entfernt, und erst vor zwei Wochen hatten wir angefangen, uns nachts mit Taschenlampen Lichtzeichen zu geben, um uns zum Walkie-Talkie-Gespräch zu verabreden. Das Problem war nur, dass sein Zimmer nicht so gut abgeschottet lag wie meins, sondern auf der mittleren Etage, und genau neben dem Schlafzimmer seiner Eltern. Wir mussten also höllisch aufpassen, denn Hendriks Eltern waren streng. Hendrik war schon zweimal von seinem Vater ermahnt worden, nachts Ruhe zu geben. Eine Woche lang hatte er ihm zur Strafe sein Walkie Talkie weggenommen. Trotz allem konnte Hendrik mir ja lautlos mit der Taschenlampe antworten, wenn er auch wach war. Ich tastete im dunklen Zimmer nach meiner Taschenlampe, die ich normalerweise immer direkt neben das Bett stellte, als plötzlich der erste Blitz mein kleines Zimmer erhellte. Der kalte Lichtblitz, der alles kurz taghell erleuchtete, reichte aus, um die Taschenlampe zu finden. Die Lampe hatte mir mein Vater aus dem Baumarkt mitgebracht, sie benötigte drei dicke Batterien, die größten überhaupt, und leider war der Stromverbrauch immens. Dafür leuchtete das gute Stück aber auch sicher über fast 150 Meter und konnte einen richtigen Lichtkegel in den Nachthimmel zaubern. Von meinem Taschengeld

könnte ich mir den hohen Batterieverbrauch nie leisten, aber auf eine wundersame Weise lag gelegentlich eine neue Packung auf meinem Treppenaufgang. Anders als Hendriks Eltern wusste mein Vater über unsere nächtlichen Morse und Funkgerätkonferenzen genau Bescheid. Er sprach zwar nicht mit mir darüber, aber er ließ mich spüren, dass er es wohlwollend zur Kenntnis nahm, wenn er nicht sogar auch eine gewisse Freude daran hatte.
Ich brauchte nicht lange zu zählen, denn der Donner folgte atemberaubend schnell nach dem Blitz. Das Gewitter war jetzt genau über unserem Dorf angekommen, und erste kleine Tropfen kündigten das drohende Unwetter an. Erst tickerte es nur leise auf das Dach, dann nahm die Intensität rasch zu und wurde zu einem mächtigen Rauschen.
Ich schob die Vorhänge ganz zur Seite und konnte so den ganzen Marktplatz überschauen, bis ganz hinüber zu Hendriks Haus. Dass unser Haus auch direkt am Marktplatz stand, hatte mir immer ein Gefühl von Geborgenheit vermittelt. Ein kleiner Brunnen mit beweglichen Bronzefiguren markierte die Mitte des ovalen Platzes, und die alten Häuser umrandeten ihn, so dass die Form einem Halbkreis glich.
Drittes Fenster von links, das war Hendriks Zimmer, aber es brannte kein Licht. Während es erneut blitzte, und der Regen laut prasselnd auf das trockene und noch vom Tag aufgewärmte Kopfsteinpflaster niederschlug, schickte ich meinen großen Lichtstrahl in Hendriks Fenster und blinkte zwei Mal. Hendriks Zimmer war zwar viel größer als meins, aber sein Bett stand genau so vor dem Fenster, dass mein Lichtkegel genau auf die Wand des Kopfendes seines

Bettes fallen musste. Nur etwa 50 Zentimeter oberhalb seines Kopfkissens.
Immer noch regte sich nichts. Die Luft fing endlich an, angenehm kühl zu werden, der Marktplatz dampfte förmlich, und ein herrlicher Geruch nach frisch beregnetem Erdreich stieg zu mir hoch.
In keinem der angrenzenden Häuser brannte Licht. Alles schien wie ausgestorben, und je länger ich mir vorstellte, der Einzige zu sein, der dieses Gewitterschauspiel erlebte, desto unheimlicher wurde es mir. Hendrik schlief scheinbar zu fest. Ich hoffte, dass er wenigstens das Walkie Talkie angelassen hatte. Ich hatte keine Lust, das Gewitter ohne ihn zu erleben. Außerdem wusste ich, dass ich wesentlich besser einschlafen würde, wenn ich wenigstens vorher noch einmal kurz mit ihm sprechen und über das Ende des Wochenendes hätte jammern können. Ich griff das Walkie Talkie und lehnte mich ein Stück weit aus dem Fenster, die Antenne musste so weit wie möglich herausragen, sonst war der Empfang zu schlecht.
Nur für einen kurzen Moment schaute ich nach unten, und da sah ich den Schatten zum ersten Mal. Nur eine Sekunde lang hatte ich gesehen, dass am Nachbarhaus ein dunkler Schatten vor der Tür stand. Zu Tode erschrocken und mit maßlosem Herzklopfen zuckte ich sofort zurück ins Fenster.
Mein Herz wollte nicht aufhören zu rasen, ich wusste nicht, was ich als erstes tun sollte. Das Walkie Talkie legte ich auf meinen Schreibtisch, die Lampe hielt ich mit der anderen Hand fest umklammert. Wenn doch Hendrik wenigstens wach werden würde. Was hatte ich da gerade gesehen? Weit nach Mitternacht, mitten in einem heftigen Sommergewitter? Obwohl

ich mich viel lieber ins Bett verkrümelt hätte und mir die Decke weit über Kopf und Schultern ziehen wollte, nahm ich all meinen Mut zusammen und näherte mich wieder vorsichtig dem Fenster. Dann lehnte ich mich ganz leicht nach vorne und schaute wieder in die Tiefe. Es gab keinen Zweifel, und in dem Moment, in dem mir klar wurde, dass der Schatten unten am Nachbarhaus, nur etwa neun Meter von mir entfernt eine Gestalt mit schwarzer Kapuze war, begann ich, mein eigenes Herz laut in meinem Kopf pochen zu hören. Dann wurde das Pochen zu einem betäubenden Rauschen. Und die Gewissheit, dass dort unten jemand vor der Tür oder dem Fenster stand, mitten im strömendem Regen, ließ mir einen kalten Schauer den Rücken herunterlaufen. In Hendriks Zimmer hatte sich immer noch kein Licht gezeigt. Ausgerechnet dann, wenn man ihn am meisten brauchte.

Ich wusste mir keinen Rat aus dieser Situation. Es fühlte sich ausweglos an. Unsere Nachbarn waren nicht zu Hause, schoss es mir durch den Kopf. Was konnte ich tun? Hier im Haus meines Vaters wähnte ich mich in Sicherheit. Daher ergriff ich kurzentschlossen die Taschenlampe, und war gerade im Begriff sie auszurichten, als ich spürte, wie der Schraubverschluss am Batteriefach, der anscheinend nicht ganz fest gedreht war, sich löste und wie in Zeitlupe, und bevor ich mich noch weiter herauslehnen konnte, um ihn aufzufangen, nach unten fiel.

Ich war in heller Aufregung. Während sich hunderte Gedankenfetzen in meinem Kopf verknäulten, prallte der Deckel der Taschenlampe direkt hinter der

dunklen Gestalt auf das Pflaster. Die Gestalt blieb regungslos stehen, und als ein Blitz im gleichen Moment den Nachthimmel erhellte, sah ich, wie sich die dunkle Gestalt an der Hausfront nach oben orientierte, bis ich unter der dunklen Kapuze im Regen verschwommen, für den Bruchteil einer Sekunde, glaubte, ein vollkommen weißes Gesicht zu sehen.
Ich dachte, mein Herz würde im nächsten Moment stehenbleiben und warf mich mit aller Wucht rückwärts in mein Zimmer, wo ich hart mit dem Rücken auf den Dielenboden schlug. Wie benommen lag ich da, erst prickelte es am Rücken, dann fing es bald an weh zu tun. Aber die Gewissheit, dass mein kurzentschlossenes unüberlegtes Handeln dazu geführt hatte, die schattige Gestalt erst recht auf mich aufmerksam zu machen, betäubte mich erneut.
Aus Hendriks Zimmer kam kein Licht. Der Regen ließ langsam nach, und als ich mich etwas beruhigt hatte, pirschte ich mich abermals zaghaft zum Fenster. Der Schatten unten am Haus war verschwunden, der Marktplatz in die gleiche Ruhe und Dunkelheit getaucht wie zuvor.
Auf Licht aus Hendriks Zimmer wartete ich den Rest der Nacht vergebens.
Irgendetwas hatte sich verändert.

Hendrik war tot und ein Taschenlampen-Signal kam von ihm nie wieder. Den Schuljahreswechsel erlebte ich ohne ihn, und im Herbst zogen meine Eltern mit mir aus beruflichen Gründen nach Hamburg. Hendrik hatte niemandem etwas gesagt. Ich hatte monatelang überlegt, und eigentlich denke ich heute noch mit der gleichen Ratlosigkeit darüber nach. Wo waren die Anzeichen gewesen, wo war der Moment, in dem man alles noch hätte aufhalten können? Hendriks Schwester hatte mir einmal erzählt, dass sie überzeugt war, dass es ihre Schuld gewesen sein musste. Sie vertraute mir an, dass sie ihr Springseil an diesem Abend nicht wie sonst immer in ihrem Kleiderschank aufbewahrt, sondern auf dem Flur vor Hendriks Zimmer liegen- gelassen hatte.

Ich war inzwischen 14 Jahre älter als Hendrik, obwohl wir einmal gleichalt gewesen waren und eine Zeit lang alles miteinander geteilt hatten. Und wenn mich jemand fragen würde, wie sich wahre Freundschaft anfühlt, dann würde ich von allem berichten, was ich mit Hendrik erleben durfte, bis zu dieser einen Nacht, als ich den Schatten vor unserem Haus gesehen hatte.

Münster Hauptbahnhof, 21:57

Ich liege auf einer schönen, frühlingshaften Blumenwiese. Eine Bergwelt mit schneebedeckten Gipfeln umgibt mich. Ich weiß nicht, wie ich hierher gekommen bin. Wenn ich in meine Hosentaschen greife, fühle ich Haferflocken. Vor mir fällt die Bergwiese steil ab. Ich liege auf dem Rücken und schaue in den Himmel. Die Wolken verdichten sich langsam zu einer undurchsichtigen Decke. Die Sonne scheint trotzdem immer stärker, so dass ein gelblich-düsteres Licht entsteht. Plötzlich höre ich ein lautes Geräusch von Propeller-Motoren. Im letzten Moment rolle ich mich nach rechts, und da fällt auch schon der Rumpf eines 4-sitzigen Twin-Otter-Propeller-Flugzeugs neben mir krachend auf die Wiese. Die Tragflächen sind abgerissen, im Laderaum liegen 20 Schutzhelme in Neonfarben. Ich nehme mir einen gelben Helm und probiere ihn an. Er passt perfekt.

Fest der Farben

An manchen Tagen hatte ich keine Ahnung, welcher Wochentag es war. Die Zeit verging rasant schnell, und meistens glich ein Tag dem anderen. Langweilig wurde mir nie. Wenn Alex am frühen Nachmittag aus dem Krankenhaus kam, sprangen wir meist in ein Taxi und erkundeten Delhi bis in die letzten Winkel.

„Jede Kultur hat ihre Rauschwaren. In Afrika kaut man Kat, in Südamerika kaut man Koka, in Europa wird geraucht und in Asien kaut man Betelnüsse. Komisches Zeug kauen, bis einem schwindelig wird, liegt schon seit Jahrhunderten in der Kultur der Menschen."
Alex Ausführungen waren von bestechender Klarheit. Eines Abends zeigte er mir, wo man in Yusuf Sarai die besten Betelnüsse bekam.
An dem kleinen Stand saß hinter einer sehr hohen Theke eine kleine alte Frau. Auf der Verkaufsfläche vor ihr gab es allerlei kleine Schälchen mit Pulvern und Extrakten. Wir waren in Feierabendstimmung, legten zwei Zehn-Rupien Scheine auf den Tresen und bestellten zwei Portionen Betel. Die alte Dame ergriff ein grünes Blatt und sammelte wieselflink mit spitzen Fingern einige Ingredienzien zusammen und legte sie hinein. Nicht alle Zutaten konnte ich zuordnen: eine klebrige Paste, die nach Lakritz roch, zerhackte unreife Betelnüsse, Pulver, das nach Gewürzen aussah, und zum Schluss aus einer Tube, äußerlich wie aus einem Baumarkt, vermutlich etwas Löschkalk. Danach faltete sie die Blätter in zwei

kunstvolle kleine Päckchen zusammen und reichte sie uns. Wir steckten uns die Dinger in die Backentasche. Alex sah aus wie ein Hamster.
Ich biss zweimal herzhaft auf das Blattpaket, und der bitter-süße Saft der Betelnüsse quoll gegen meine Wangenschleimhaut. Alex schaute mich an. Wir konnten nicht sprechen, bei ihm quollen bereits blutrote Tropfen aus den Mundwinkeln.
Die euphorisierende Wirkung ließ nicht lange auf sich warten.
Kichernd und leicht schwankend nahmen wir den Weg durch die hinteren Gassen, vorbei an den vielen Handwerkern und Werkstätten und spuckten wechselnd die roten Krümel vor uns aus.
Man belächelte uns.
Die Menschen in unserem kleinen Winkel waren an den folgenden Tagen wie ausgewechselt. Schon Tage vor dem eigentlichen Holi-Fest waren die engen Wege von geschäftigem Treiben erfüllt. Von unserem Balkon konnte ich sehen, wie vor den Türen und in den Hinterhöfen kleine Feuer angezündet wurden. Nach und nach wurden kleine Strohfiguren hineingeworfen.
Der Feuerschein in den vielen kleinen Gassen gab den Abenden etwas Mystisches.
Für meine Recherchen zum Holi-Artikel hatte ich mich gewissenhaft vorbereitet und ein paar Internetseiten durchforstet. Wie bei den meisten indischen Festen wurde morgen der Triumph des Guten über das Böse gefeiert. Bei dem Gedanken an die Bilder aus dem Kölner Karneval oder Weiberfastnacht auf dem Kölner Domplatz musste ich unwillkürlich daran denken, dass es in Deutschland im Karneval ganz sicher andersherum sein musste. Holi war das Fest

der Farben. Jeder, egal welcher Kaste angehörig, würde sich morgen mit seinem Nächsten in den Armen liegen und sich anschließend mit Farbpulver bewerfen oder beschmieren. Ich war wirklich gespannt. Die großen Zeitungen hatten schon Tage zuvor begonnen, die Holi-Feiertage wegen ihres ansonsten eher unüblich hohen Alkoholkonsums zu kritisieren. Die Woche versprach also interessant zu werden. Günstig war natürlich, dass das Fest mitten in der Woche drei Tage dauerte, und ich mich bereits am Montag unter dem Vorwand von Recherchen im Institut bis zur darauffolgenden Woche abgemeldet hatte. Mein Artikel sollte erst in der nächsten Ausgabe des Online-Magazins erscheinen.

Am Morgen wurden wir recht früh durch lautes Geschrei auf der Straße wach.
Ich hatte es gerade erst mühsam geschafft, mich langsam aufzurichten und an die Bettkante zu hocken, um aus verquollenen Augen zu Alex rüber zu schauen, als es schon heftig an der Tür klopfte. Nick konnte es nicht sein, der trat meistens nur dagegen. Es war Jaques, dessen französischer Akzent aufgeregt zu uns durchklang.
„Wacht auf! Das müsst ihr eusch unbedingt ansehen!“
Ich stand auf und öffnete. Jaques stand mit den Griechinnen vor der Tür und kam direkt ins Zimmer gestürmt. Alex drehte sich brummelnd um. Ein paar ruppige Stubser weckten ihn endgültig auf. Verschlafen zogen wir nur unsere Schlappen an und folgten den Anderen die Treppen herauf bis zur Dachterrasse. Von hier hatte man einen perfekten Überblick über den gesamten Stadtteil. Jaques zeigte mit dem Finger

in Richtung der Hauptstraße und schlug sich dann auf die Oberschenkel. Die gesamte Straße war voller Menschen, Erwachsene und Kinder, die sich mit Wasserbomben bewarfen, mit Spritzpistolen gegenseitig nass machten oder einfach umarmten und mit Farbpulver oder gefärbtem Wasser besprenkelten. Ich hatte zwar einiges erwartet, aber dieser Anblick ließ mich und alle Anwesenden sprachlos werden. Die bunten Farben waren über mehr als 100 Meter bis zu uns sichtbar, die Stadt schien sich in einen einzigen wildgewordenen bunten Mob verwandelt zu haben.
Zehn Minuten später waren wir mittendrin.

Mich traf es gleich zu Beginn besonders hart. Kaum hatte ich einen Fuß in die Gasse gesetzt, bekam ich von einem Obergeschoss von grinsenden Kindern eine Wasserbombe senkrecht auf den Kopf geworfen. Während die anderen den Hinterhalt witterten, stand ich schon mitten in der Gasse und war weiteren Wasserbomben schutzlos ausgeliefert. Zwei dicken Ladungen konnte ich ausweichen, eine traf mich am Rücken. Alex und Jaques lachten und zündeten sich Beedi-Zigaretten an. Dann rannten wir bis zur Hauptstraße.
Es duftete nach Essen, in der Nacht waren zahlreiche Stände aufgebaut worden. An jeder Ecke bekam man kleine Farbpigmentbeutel und Spritzpistolen. Alex war schon nach kurzer Zeit von so vielen Leuten umarmt worden, dass sein Gesicht in Grün, Pink und Blau schillerte.
Mein Magen knurrte, und als ich mir an einem Stand eine kleine Portion Somosas kaufen wollte, sprang mich ein junger Mann von hinten an und schüttete mir einen kompletten Beutel pinkes Farbpuder über

den Kopf. Ich musste sofort husten und hatte direkt den bitteren Chemiegeschmack des Pulvers auf der Zunge. Das lachende Gesicht, in das ich danach blickte, war das von Balu aus der Notaufnahme.
Er umarmte mich so herzlich und wünschte mir *Happy Holi*, dass ich ihm schwerlich böse sein konnte. Dann hielt mir Balu eine Flasche hin.
Purer Rum.
Dankend nahm ich einen kräftigen Schluck, spülte mir aber damit nur kurz den Mund und spuckte das Zeug in einem unbeobachteten Moment schnell wieder aus. Zwei weitere Freunde von Balu kicherten und fingen an, mit ihren Fingern das pinke Pulver ordentlich in meine Haare einzukneten. Schnell spürte ich, dass jeder Widerstand an diesem Tag zwecklos sein würde und gab mich dem Schabernack hin. Die kleine Mediziner-Gruppe begrüßte die drei ebenso überschwänglich, wobei sich Alex und Jaques häufig schützend vor die Griechinnen stellen mussten. Der eine oder andere versuchte, die beiden Grazien beim Gratulieren gleich noch etwas zu begrapschen.

Von Balu erfuhren wir, dass am Mittag ein großes Buffet am Dekanatsgebäude aufgebaut wurde. Wir verabredeten uns für zwölf Uhr.
Gegen elf waren Jaques und Alex bis zur Unkenntlichkeit mit Farben beschmiert, nur die Griechinnen hatten immer noch unbefleckte Hautstellen. Jaques und Alex hatten sich kräftig am Rum gestärkt und drängelten sich vorneweg durch die Menschenmassen. In einer kleinen Seitengasse hielt ich an, um mir einen Becher Ziegenjoghurt zu kaufen. Der Händler hatte sich ein farbenfrohes

Schild mit der Aufschrift „*Bhang*“ gemalt. Die Kundschaft stand Schlange.
Der Joghurt kostete nur fünf Rupien und schmeckte sehr würzig. Die harzige Konsistenz der Haschisch-Pollen, die hier in Verbindung mit Lakritze und anderen Gewürzen zu *Bhang* verarbeitet wurde, verlieh dem Joghurt eine vornehme Note. Die Griechinnen standen ebenfalls löffelnd neben mir. Als ich aufgegessen hatte, schauten wir uns an und ich sagte, eher aus Verlegenheit:
„Hmm lecker“, und strich mir dabei völlig blöd über den Bauch.
Aus Verlegenheit holte ich mir noch einen Joghurtbecher und löffelte los. Alex kam aus einer anderen Seitengasse mit Jaques zurück. Die beiden hatten Farbnachschub besorgt, denn Jaques hatte über die ständigen Belästigungen der Griechinnen nachgedacht, und war zu der Überlegung gekommen, dass sie so, ohne Farbe, einfach viel zu einladend aussahen. Er fühlte sich scheinbar für die beiden verantwortlich, aber auch ich hatte schon angefangen, mir schlimme Szenen mit den Beiden auszumalen. Einige dieser aufgeputschten Rudel waren sicher zu allem fähig. Jaques öffnete drei verschiedene Beutel und rief den Mädchen entgegen:
„Haltet mal die Luft an!“
Dann rannte er ziemlich schnell auf sie zu und begrub sie unter einem bombastischen Regen aus Farbpulver. Die in unserer nächsten Nähe stehenden Inder klatschten anerkennend Beifall. Jaques Theorie war richtig. Jetzt sahen die beiden so durch den Wind aus, dass man ihnen in der Menge wesentlich weniger Beachtung schenkte als vorher. Wirklich beliebt hatte sich Jaques damit natürlich nicht gemacht. Die gän-

gige Farbe, die eine blinde Mischung der meisten Farbpulver ergab, war leider irgendetwas, das aussah wie grau-metallic, und das fand sich bald an sämtlichen Stellen am Körper wieder.

Fingernägel wie ein Kohleminenarbeiter.

In einem kleinen Fenster konnte ich mich wenig später selbst sehen. Während die Farben im schwarzen Haar der Inder meist nicht zu sehen waren, hatte die Wasserbombe in Verbindung mit meinen hellen Haaren und dem pinken Pulver ihr Übriges getan.

Ich sah aus wie der Sänger der Prinzen in seinen besten Jahren. Das würde so schnell nicht rausgehen.

Alex stand plötzlich hinter mir Während auf der Hauptstraße ein ohrenbetäubender Trommellärm losging und irgendeine Tanzvorführung stattfand, brüllte er mir ins Ohr:

„Was frisst du da eigentlich?"

„*Bhang-Joghurt"*, ich deutete auf das Schild.

Alex Augen leuchteten, und nach fünf Minuten kam er mit zwei Bechern zurück.

„*Bhang* bedeutet auf Sanskrit *Abfall.* Das Zeug ist quasi nur der Rest vom Hanf, und deshalb nicht so stark wie *Ganja* oder *Charas*!"

Ich holte mir also noch einen Becher. Heute war ein perfekter Tag, um berauscht zu werden. Jaques hielt sich eher an den Rum und kaute zwischendurch auf ein paar Betelnüssen herum. Ich spürte gar nichts von dem Bhang, und erst jetzt merkte ich, dass der Joghurt-Händler seinen Stand direkt vor dem Eingang eines kleinen Tempels aufgebaut hatte. Jeder der einen Becher kaufte, ging danach in den Tempel. Der Joghurt war eigentlich nichts anderes als die traditionelle Zutat für ein religiöses Ritual. Alex und die anderen wollten sich auf den Weg zum Campus machen, um das Buffet abzuräumen. Der Tempel übte aber eine magische Anziehungskraft auf mich aus, und so entledigte ich mich meiner Latschen, winkte Alex kurz zu und ging hinein.

Das Bhang zeigt seine erste Wirkung erst, als ich nach der halbstündigen Zeremonie aus dem Tempel kam. Ich hatte das Gefühl, beim Einatmen viel mehr Luft als sonst in meine Lungen saugen zu können. Dadurch bekam ich das Gefühl großer Leichtigkeit, schwebte auf dem Weg durch die Gassen, überquerte die Hauptstraße und lief schließlich zum Campus.
Hier war, wie überall, die Hölle los. Auf dem großen Sportplatz hatten etwa 30 Studenten eine Rasenfläche unter Wasser gesetzt und begonnen, Schlamm-Rugby zu spielen. Bauchlängs rutschten sie durch die glitschige Wiese. Ich musste an alte Bilder vom Woodstock-Festival denken.

Im wunderschönen Garten des Dekanats war es auch schon sehr voll. Hier wurde das Holi-Fest offensichtlich etwas würdevoller begangen, die Professoren und Ärzte der Universität waren mit ihren Familien da und feierten in einer Reihe mit den Studenten. Man trug helle Hemden und betupfte sich leicht und maßvoll mit den mitgebrachten Farbbeuteln.
An einer Hecke waren unter kleinen Zeltpavillons viele Buffettische aufgebaut worden, hinter jedem Tisch stand jemand, um die Speisen aufzutun. Zweifelsohne hatte das hier alles eine Menge Geld gekostet. Es war nicht schwierig, Alex und Jaques zu entdecken, sie hoben sich, genau wie ich, durch ihre enorme Farbverschmiertheit von allen anderen ab.

Die Griechinnen standen am Rand und füllten mit kleineren Kindern Wasserbomben ab. Insgesamt vermittelte die Party das Gefühl eines riesengroßen Familienfestes. Die Griechinnen wogen gerade zwei Wasserbomben in ihren Händen und hielten sie sich kichernd vor die Brust, als Jaques auf mich zustürmte und sah, dass ich die beiden beobachtete.
„Titten fallen einem nicht in die Hände, die musst du dir verdienen!", sagte er in seinem französischen Akzent und zog mich kichernd zum Buffet.
Alex stand an einem Tisch mit einer großen Schale. Ein Bediensteter löffelte Chai-Milch in kleine Becher.
„Oh nein, das ist doch nicht etwa auch Bhang?"
Alex nickte nur zufrieden und sagte:
„Sieh dich um, heute ist alles möglich!"
Seine grünen Augen leuchteten. Jaques nahm zwei Becher und gab mir einen.
„Ach komm schon, trink endlich, oder hast du eben im Tempel schon die Erleuchtung gefunden?"
Meinen immer größer werdenden Hunger stillte ich mit großem Appetit an dem langen Buffet, während sich zahlreiche indische Würdenträger der Uniklinik in den Armen lagen und Fotos gemacht wurden.
Das Bhang ließ uns die Welt lieben, für einen Moment lieh es uns allen die Vorstellung eines nie endenden Sommers. Uns war nicht zu warm und nicht zu kalt, wir waren nicht zu müde und nicht zu wach. Wir fühlten uns einfach nur gut.
Satte Farben. Lachende Menschen. Ein temporärer Garten Eden.

Plötzlich spürte ich eine Hand auf meiner Schulter. Eine Stimme hauchte mir ins Ohr:

„Oh, Herr Kemper. Wie schön Sie hier zu treffen.“
Ich drehte mich etwas verlangsamt um und erschrak. Es war Ruth Langhans aus dem Institut.
„Wie ich sehe, kommen Sie mit ihren Recherchen gut voran.“ Dabei strich sie mir über die Stirn. An ihren Augen konnte man sehen, dass sie erhebliche Mengen Bhang getrunken hatte.
Wieder strich sie mir, wie bei einem kleinen Jungen, mit ihrer Hand über den Kopf. Ich schaute mich um und sah in einiger Entfernung Jaques auf der Wiese sitzen.
„Kennen sie eigentlich den Lohdi-Garden, Kemper? Wir sollten dort einmal zusammen spazierengehen. Was halten Sie davon?“
Das war zu viel. Mich ergriff ohne lange Verzögerung bloße Panik. Ich war den Annäherungsver-
suchen meiner fast 60-jährigen Chefin schutzlos ausgeliefert, und alle Welt um mich herum lachte. Trotzdem kostete es mich einige Beherrschung, nicht auch laut aufzulachen, was Frau Langhans in ihrem Zustand sicherlich als Annahme ihrer Einladung verstanden hätte. Einen Hustenanfall vortäuschend, hastete ich davon, zog Jaques von der Wiese und suchte Alex.
Gegen 23 Uhr kamen wir zurück ins Apartment und fingen an, uns die Farben des Tages herunter zu waschen. Geldscheine, Papiere, Reisepass, selbst meine weiße Unterhose war in ein helles Rosa getaucht worden, und meine Haare blieben auch nach mehrmaligem Waschen Pink. Alex lag in Unterhosen auf dem Bett und kicherte vor sich hin, während er Fotos auf seiner Digitalkamera anschaute. Dann klopfte es an der Tür. Erst dachte ich, es wäre Jaques und, nachdem es mehrmals heftiger klopfte, es wäre

der besoffene Nick. Alex verdrehte die Augen, ich öffnete die Tür.

Draußen stand Nora.
Alex stand staunend auf. Auch mir fehlten die Worte.
Nora sah unendlich müde aus. Ihre Kleidung war schmutzig.
„Kann ich ein paar Tage bei euch bleiben?

Osnabrück Hauptbahnhof, 22:25

Ich fahre als Passagier in einer Miniatur-Modell-Eisenbahn. Es riecht stark nach Klebstoff. Ich bekomme Kopfschmerzen. Der Zug fährt durch einige Tunnel, die von innen beleuchtet sind. An den rohen Sperrholzwänden mit den Gips-Flecken stehen obszöne Worte, die nur ich lesen kann. Eine Runde durch die künstliche Landschaft dauert nur drei Minuten. Zwischendurch wird jedes Mal an einem kleinen Bahnhof gehalten, der bayrisch aussehen soll.
Am Bahnsteig sind dann kleine Plastikpassagiere, deren Füße in einer kleinen Klebstoffpfütze stehen. Sie sind nett bemalt, aber Gesichter haben sie nicht. Eine Figur schaut mit ihrer fleischfarbenen Gesichtsfläche in mein Abteil. Aus der Ferne höre ich einen Fernseher. Die Titelmelodie des Aktuellen Sportstudios klingt leise herüber. Dann fährt der Zug wieder in die nächste Runde.

Wiedersehen

Ich merkte sofort, dass Alex Nora mochte. Noch tagelang regte er sich darüber auf, dass wir Nora die Tür in rosagefärbten Unterhosen geöffnet hatten. Gerade Alex, dem sonst so ziemlich alles egal war.
Nora war wieder da.
Ich hatte Alex von ihr erzählt. Die spärlichen Informationen hatten offensichtlich dafür ausgereicht, dass er sofort eine Ahnung hatte, *wer* da mitten in der Nacht wortlos seine Decken auf dem Fußboden als Nachtlager aufschlug.
Alex hatte ihr mehrmals sein Bett angeboten. Nora lehnte jedes Mal dankend ab. Wir spürten, dass sie zu erschöpft zum Reden war. Also stellten wir nicht viele Fragen und ließen sie einschlafen. Alex lag in seinem Bett, zog die Augenbrauen hoch und schaute zu mir herüber. Ich zuckte mit den Schultern und machte das Licht aus.
Wie hatte sie uns hier gefunden, und vor allem – WARUM?

Antworten auf diese Fragen waren am nächsten Morgen zunächst nicht in Aussicht. Alex schlich in die Klinik, und ich musste mir irgendwo einen ruhigen Winkel suchen, um an dem Holi-Bericht zu arbeiten. Nora schlief noch, als wir das Zimmer verließen.

Alex ging einige Meter schweigsam neben mir her.
„Das ist also Nora."
Ich presste die Lippen zusammen und nickte.

„Sie sieht ja echt gut aus. Mann, und dir hat sie auf dem Flug ihr ganzes Herz ausgeschüttet?"
Ich zuckte einfach mit den Schultern und nickte wieder mit dem Kopf. Dann blieb Alex stehen und schaute mich an.
„Hast du dich in sie verliebt?"
Sofort schüttelte ich den Kopf und gab ein entschiedenes „Nö" von mir.
Verliebt.
Diese Frage hatte ich mir selbst auch schon gestellt. Irgendwie hatte ich mich Nora verbunden gefühlt. Das lag aber mehr daran, dass ich an ihrer Geschichte Anteil nahm. Natürlich hatte ich ihre offene Art und ihre Redseligkeit als eine Art von Zuneigung zu mir gedeutet. Aber ich hatte mich auch schon früher von den Schicksalen anderer Leute berühren lassen, und nicht sofort Liebe und Anhänglichkeit miteinander verwechselt.
Liebe, Glück, Vertrauen.
Was waren das alles für große Begriffe. Alex schwieg immer noch, und ich dachte über diese großen Worte nach.
Immer, Ewig.
Was machte es für mich eigentlich häufig so schwierig, solch großen Wörter zu benutzen, oder zumindest über sie nachzudenken?
Vielleicht war es mir einfach lieber, die kleinen, die einfachen und billigen Wörter zu benutzen. Die waren immer schwerer und diffuser zu definieren. Und das machte mich aus. Sich nicht festlegen zu müssen…
Alex riss mich aus meinen Gedanken.
„Wir sollten heute mit ihr Essen gehen. Wahrscheinlich kann sie etwas Aufmunterung vertragen."

Alex legte das Fliegenpapier aus. Mir war schon beim ersten Blick klar, dass er sie unbedingt wollte. Wir würden sehen, ob Nora daran kleben blieb.
„Um sechs im Cafè Raj?"
„Geht klar…"

Es wurde ein eher schweigsames Abendessen. Alex starrte. Ich war gespannt, wann ihm Nora ihre Meinung dazu sagen würde.
Später fing Nora an von sich aus zu erzählen, dass sie Briefe bei ihrer Mutter gefunden hatte.
„Beide waren eigentlich nicht an meine Mutter adressiert, sondern an einen gewissen Pantermehl, einen Freund meines Vaters in Hamburg. Keine Ahnung, wie sie an die Briefe kam."
Irgendwie kam mir der Name bekannt vor.
„Er hat sich 1986 aus Varanasi gemeldet. Dort hatte er sich einem Orden angeschlossen."
Sie holte einen vergilbten und zerknitterten Umschlag aus ihrem Rucksack und las einige Zeilen vor:
„…Ich bin jetzt Mitglied der Ramakrishna Mission. Ich werde plötzlich sehr respektiert. Die Leute sehen das, was ich tue, als stellvertretend für sich selbst an. Wir bekommen Almosen als Anerkennung. Davon lebe ich. Dieses Leben scheint mir endlich zugetan zu sein. Ich muss meinen Erfolg danach beurteilen, was ich dafür aufgeben musste, um ihn zu erringen. Du weißt ja, was ich gezwungen war aufzugeben! Du hast mich in Goa erlebt. Wir beide wissen, dass es kein größeres Opfer gibt…"
Nora legte den Brief zu Seite und nahm einen anderen beschriebenen Zettel.
„Das ist der letzte, von 1992:

...es ist Zeit für einen neuen Wechsel. Ich werde in den Norden gehen. Ich werde zum Berg Kailash pilgern....
...dann noch weiter in den Norden, ich muss eine neue Aufgabe finden. Es soll irgendwo in der Gegend um das Nubra-Tal ein Kloster geben, dass nur wenige finden und in das noch weniger aufgenommen werden. Ich werde es suchen und mich dort anbieten. Das wird meine Bestimmung sein. Wir sind nur Gäste auf dieser Erde. Einige Jahrzehnte lang... Ich muss die Zeit nutzen, um weiter Gutes zu tun. Nur wenn ich zum Glück anderer Menschen beitrage, kann ich den Sinn des Lebens finden. Das ist der Sinn. Ich hoffe, das es noch nicht zu spät für mich ist..."

Alex zog die Augenbrauen hoch.
„Das klingt ja fast wie Shangri La!"
Nora und ich schauten verständnislos. Alex grinste und erklärte:
„*Shangri La*. Das Paradies. Ein sagenumwobener Ort in Tibet oder irgendwo da oben. Das soll so eine Art Garten Eden sein. Die Mönche sind angeblich so gesund, dass sie weit über 100 Jahre alt werden können. Die Natur versorgt sie mit allem, was sie brauchen. Fruchtbare Landschaften, Friede, Freude, Eierkuchen. So was in der Art."
Ich fand das alles mehr als schräg und sagte:
„Meinst du wirklich, dein Vater hat sich so einer Traumtänzerei hingegeben?"
Nora schaute mich erbost an.
„Entschuldige, kann natürlich durchaus sein, wenn man bedenkt, wie fertig er da wohl war, als er das geschrieben hat."
Nora wurde noch wütender.

Ich hielt lieber den Mund.
Bevor Nora anfangen konnte, auf mich einzureden, hatte Alex eine Karte aus seinem Rucksack geholt und breitete sie auf dem Boden aus. Ich konnte mir kaum vorstellen, dass er nach seinen eigenen flapsigen Ausführungen diese Geschichte von der Suche nach dem Paradies für voll nahm. Ich hatte den Eindruck, er machte es nur, um Nora zu gefallen. Und es gelang ihm sofort. Nora setzte sich zu Alex und hatte einen mehr als triumphierenden Gesichtsausdruck. Sie hatte das zerknitterte Bündel aus Briefumschlägen auf den kleinen Tisch gelegt. Ich nahm ihn in die Hand, zum einen aus Verlegenheit und zum anderen, um noch einmal den Namen des Adressaten zu lesen. In klaren Druckbuchstaben stand dort *Hans Panthermehl*, mit einer Hamburger Adresse. Noch bevor sich das Gefühl von vorhin, als sie den Namen zum ersten Mal nannte, wieder einstellen konnte, drehte sich Nora um und riss mir mit einer gehässigen Handbewegung den Umschlag aus der Hand. Das wurde mir alles zu blöd. Zum ersten Mal gaben mir die beiden das Gefühl, dass sie meine Anwesenheit störte, ich war sauer. Auf Alex, wegen seiner fehlenden Loyalität, und auf Nora, wegen ihrer bockigen Art. Ich ging joggen.

Beim Laufen stieg in mir langsam eine erste Vorahnung auf, in welche Richtung Noras Ankunft die Freundschaft zwischen Alex und mir lenken würde. Fest stand, dass nichts mehr so bequem sein würde, wie es sich in den letzten Wochen eingependelt hatte. Gerade hatte ich mich an meinen angenehmen und geordneten Alltag in Delhi gewöhnt.

Meine Vorahnung fand ihre schnelle Bestätigung, als ich nach eineinhalb Stunden zurückkam. Nora und Alex waren immer noch in die Karte vertieft. Doch jetzt lagen sie sich gegenüber auf dem Bauch, und während Nora irgendwelche Routen mit dem Finger abfuhr, notierte Alex etwas auf einem Zettel. Als ich reinkam, sprang er auf und hielt mir den Zettel triumphierend unter die Nase.
„Alter, wir drei sollten einen Ausflug machen!"
Ich hatte es gewusst.
Nora schaute kurz auf.
„Kann ich dich mal kurz unter vier Augen sprechen?"
Ohne eine Antwort abzuwarten, zog ich Alex am Arm vor die Tür. Schwitzend stand ich vor ihm und zog die Tür hinter uns zu.
„Das kann doch jetzt nicht dein Ernst sein?"
Alex sah nur erstaunt aus.
„Da ist diese Frau kaum einen Tag bei uns und schon lässt du dich von ihr einwickeln und zu irgendwelchen Reisen überreden!"
„Das war meine Idee!"
„Ach Unsinn. Ihr Plan geht einfach nur super auf. Sie findet ihren Vater nicht und dann, wenn die Suche beschwerlich wird, sucht sie sich irgendjemand, der ihr die Zeit vertreibt und weiter- hilft, diesem Hirngespinst nachzurennen!"
Als ob er mich nicht gehört hätte, fing Alex an, mir von seinem Zettel vorzulesen. Es sollte in den Himalaya gehen. Nora war wirklich besessen von dem Gedanken, dass ihr Vater tatsächlich noch immer in irgendeinem Kloster da oben zu finden war. Die beiden hatten schon eine vollständige Route ausgearbeitet. Ich fühlte mich total überrumpelt und wollte widersprechen. Dann kam Alex mit seinem

Gesicht sehr nahe an meins. Ich konnte Bier in seinem Atem riechen.
„Weißt du Moritz, das Leben ist eine Achterbahn, und du bist der, der sich ständig irgendwo festhalten möchte. Andererseits redest du doch ständig davon, dich treiben zu lassen. Überleg doch mal. Auf einmal steht diese unglaubliche Frau hier, und uns bietet sich die Gelegenheit, ihr zu helfen. Das ist doch wie eine Mission. Man jetzt denk' doch nicht so viel nach, vielleicht ist es einfach Schicksal! Solange man nicht ganz genau weiß, was man tut, macht man meistens alles richtig. So war es immer bei mir. Das ist meine Auffassung vom Schicksal."
Er hatte mir dabei fest in die Augen gesehen, und auch nachdem er schon aufgehört hatte zu sprechen, tat er es weiter. Dann ging er wieder einen Schritt zurück.
Ich schaute auf den Boden. Von drinnen hörten wir Nora, die Stühle auf dem Balkon zurechtrücken. Ich blickte wieder auf zu Alex.
„Das Leben ist also eine Achterbahn?"
Alex grinste.
„Vielleicht sollte ich dann wohl mal anfangen, bei den Loopings richtig die Hände in die Luft zu strecken…"

Nora saß auf dem Balkon. Zu ihren Füßen stand ein Eimer mit Eis und zwei Bierdosen. Ich setzte mich neben sie. Alex war losgelaufen, um Biernachschub bei Jaques zu erbetteln. Sie reichte mir eine Dose und knackte selbst die andere. Für einen kurzen Augenblick fühlte es sich wie in den letzten Wochen an. Warum zum Teufel war ich eigentlich nur zufrieden, wenn ich genau das bekam, was ich gewohnt war.

War ich nicht aus genau dem gegenteiligen Grund nach Indien gekommen? Ich trank einen großen Schluck Bier, lehnte mich zurück und verfluchte meine eigene Bequemlichkeit.
„Wie hast du uns eigentlich hier gefunden?“
Nora strich sich die Haare aus dem Gesicht.
„Ich hab mich durchgefragt. Frau Langhans scheint ja sehr auf dich zu stehen. Zumindest hat sie sich erst sehr gewunden und mir offenbar absichtlich eine falsche Adresse von dir gegeben.“
Ich musste grinsen.
„Mit ein bisschen mehr Charme bin ich dann später nochmal in die Verwaltung von deinem Institut gegangen und habe erfahren, dass du in Yusuf Sarai wohnst. Deine Kollegen sind aber auch ein bisschen merkwürdig oder?“
Ich nickte, weil es stimmte. Was hielt mich eigentlich im Institut. Blöde Kollegen und eine nymphomanische Chefin. Vielleicht würde es sowieso keiner richtig merken, wenn ich eine Weile wegfahren würde. Genug Geld für ein paar Wochen hatte ich mir zur Seite gelegt. Langsam reifte in mir die Erkenntnis, dass Alex wirklich Recht hatte. An dieser Stelle ging es weiter. In eine neue Richtung.
Als ich beim Ende der Dose angelangt war, stand mein Entschluss fest.
Ich würde ordentlich kündigen.

Bremen Hauptbahnhof, 23:20

Ich lehne mich an einen schnellen, elfenbeinfarbigen Sportwagen, der vor einem prachtvollen Anwesen mit einem großen Tor in der Einfahrt steht. Übertrieben laut hört man das Ticken einer großen altmodischen Kuckucks-Uhr, die ein Bestandteil des Armaturenbretts im Sportwagen ist. Es tickt so laut, dass es weh tut. Das Geräusch macht mich wahnsinnig. Er lässt mich absichtlich warten. Dann schreit plötzlich der Kuckuck drei Mal und eine Limousine hält vor mir. Die Fenster sind verspiegelt. Das Fenster öffnet sich. Es ist Elvis. Er sieht fertig aus. Sein aufgedunsenes Gesicht grinst mich an. Dann wirft er einen goldenen Schlüsselbund vor meine Füße und sagt zu mir: „Graceland sucks, ich komm' ab jetzt nicht mehr hier her. Sieh' zu, wie du hier klar kommst. Das gehört ab jetzt alles nur noch dir."

Aufbruch

Auf dem Schreibtisch von Frau Langhans stand das gläserne Modell eines Jaguar E-Type.
Ich hatte mir nie viel aus Autos gemacht, aber dieses Exemplar fand selbst ich schön. Es lag vermutlich an seiner etwas unüblichen Form. Zwei Drittel des Autos waren Motorhaube, und ganz hinten gab es eine Fahrerkabine mit nur zwei Sitzen. Das Ganze verlieh dem Wagen etwas Comichaftes. Er sah sportlich und ausgesprochen albern zugleich aus. Seit ich das Auto vor Jahren in einem Helge Schneider- Film gesehen hatte, fand ich es großartig, und als ich jetzt in diesem Büro saß, konnte ich meinen Blick kaum davon abwenden. Ob ich nun offiziell kündigte, oder einfach nicht mehr kam, hätte wahrscheinlich keinen so großen Unterschied gemacht. Vermutlich wäre mein Verschwinden sowieso erst nach ein bis zwei Wochen bemerkt worden. Für mich war die Vorstellung, der Chefin vorher nochmal die Meinung zu sagen und gleich zu kündigen, allerdings versöhnlicher.
Wie es dann weiterging? Ich hatte keine Ahnung.
Ich hatte mir etliche Sätze im Kopf vorformuliert und wollte ordentlich über die Unkameradschaftlichkeit im Institut herziehen, aber als es darauf ankam, fiel mir nichts mehr ein. Sie schaute mich mit großen Augen erwartungsvoll an, wahrscheinlich dachte sie, ich würde gleich mit einem neuen Artikel aufwarten oder auf ihre absurde Einladung im Lohdi-Park eingehen.
„Ich kündige jetzt!“, war das Einzige, was ich herausbrachte. Dann griff ich impulshaft nach dem

gläsernen Sportwagenmodell und sagte, während ich raschen Schrittes das Büro verließ, mit etwas bockiger Stimme:
„Und den will ich haben!"
Sie schien durch die Gleichzeitigkeit dieser beiden Neuigkeiten so überrascht, dass sie kein Wort mehr sagte und mir mit großen Augen hinterher schaute. Ich konnte selbst kaum glauben, was ich da gerade getan hatte. Der Glas-Jaguar wog schwer in meiner Hand. Eigentlich war ich bloß ein Dieb, aber selbst das fühlte sich in diesem Moment richtig an.

Der Entschluss für Motorräder als Transportmittel war schnell gefallen. Im Wesentlichen überwog bei der Entscheidung allerdings unser Überschwang bei der Vorstellung, wie im Film Easy Rider in den Himalaja zu fahren. Nora fing zwar an, das Für und Wider von Motorrädern zu diskutieren, aber in unseren Köpfen funkelte bereits ein Idealbild: die alberne und jungenhafte Vorstellung von Unabhängigkeit und Freiheit auf schicken, glänzenden Motorrädern. Das wollten wir uns auf keinen Fall durch irgendwelche Diskussionen vermiesen lassen.

Alex kannte sich zum Glück mit Motorrädern aus. Er verfügte außerdem über rudimentäre Mechaniker-Kenntnisse, so dass wir ihm zutrauten, zumindest grobe Scheiße bei der Motorradsuche zu erkennen.
Auf der Khari Baoli Road wurden wir schließlich nach viertägiger Suche fündig. Wir hatten uns quer durch die Altstadt gefragt, bis wir schließlich an einem Bretterverschlag in einem Hinterhof standen. Sanjeev hieß der Mann, der uns zwei Motorräder zeigen wollte. Alex und ich standen gebannt vor einer

öligen Plane. Sanjeev entfernte umständlich das Tuch. Der erste Eindruck fiel positiv aus. Ich wusste sofort, welches von beiden ich wollte. Eine Sekunde später sagte Alex schon:
„Ich will die rechte Maschine!“
Zum Glück ich hatte mir das linke Motorrad ausgesucht. Alex bestand auf Probefahrten mit beiden Maschinen, so dass zunächst er mit unserem misstrauischen Verkäufer eine Runde fuhr und dann ich. Die Maschine gefiel mir gut. Insbesondere der Name hatte einen perfekten Klang: *Royal Enfield.* Eine ursprünglich britische Marke, die in Indien weiterhin produziert wurde.
Ich war früher zwar nur Moped gefahren, aber ich erinnerte mich schnell an die Schaltung und das Fahrgefühl. Mit dem plappernden Sanjeev hinter mir fuhr ich einmal um den Block. Der Sattel war nicht zu tief, man konnte bequem sitzen und den Lenker auch mit ausgestreckten Armen prima erreichen. Der Tank war metallisch silbern und darauf war eine kleine ledernde Kartenmappe befestigt. Zu beiden Seiten gab es hinten außerdem noch schwarze Satteltaschen. Am besten gefiel mir der Aufkleber am Tacho: *Royal Enfield: Made like a gun.*
Schon nach ein paar Metern merkte ich, dass ich eine Staubbrille brauchen würde. Hustend kehrten wir in den Innenhof zurück. Alex zählte schon ein Bündel Rupien ab. Für ihn schien Geld überhaupt kein Problem zu sein. Seit ich ihn kennengelernt hatte, kaufte er munter, was er wollte, ohne auf Preise zu achten. Jetzt würde er einfach mal so zwei Motorräder kaufen.
Irgendetwas gefiel mir an Sanjeev nicht. Jeder Inder, den wir bisher kennengelernt hatten, wollte mit uns

Handeln. Das Feilschen um den Preis hatten sie sozusagen im Blut. Alex bot ihm spontan nur die Hälfte des Preises als Einstieg an, und wir beide waren mehr als verblüfft, als er sich recht schnell mit nur geringfügig mehr zufrieden gab.
Für das Geld hatte ich mir als Fünfzehnjähriger in Deutschland ein kaputtes Mofa gekauft, und hier bekamen wir dafür jeweils eine Royal Enfield.

Alex fuhr triumphierend vor mir, und als ich am India Gate abbiegen wollte, verlor ich ihn im Kreisverkehr aus den Augen. Ich hielt am Straßenrand an. Als ich mich umschaute, sah ich, dass er mehrere Ehrenrunden im Kreisverkehr drehte, bis er schließlich an mir vorbeifuhr und mir dabei auf den Hinterkopf patschte. Ich gab Gas, und als wir auf einer Höhe waren, schrie ich zu ihm rüber:
„Hat dich der Preis nicht gewundert?"
Er zog sich das hochgeschobene T-Shirt von der Nase und grinste.
„Wieso? 500 Euro für zwei gestohlene Motorräder sind doch fair!"
Mir wurde mulmig.
Später zeigte er mir die abgehobelten Fahrgestellnummern an den Motorrädern, die er, wie er sagte, schon direkt am Anfang gesehen hatte.
Die Sonne ging bereits unter, als wir knatternd in die kleine Gasse in Yusuf Sarai einbogen. Auf unseren Gesichtern lag eine dünne Staubschicht.

Nora hatte eine Liste mit Dingen aufgestellt, die nützlich sein konnten.
Auf einem Markt kauften wir zu dritt neben einfachem Blechbesteck Reis, Konserven und eine

Flasche Whisky ein. Nora hatte einen kleinen Laden hinter dem Connaught-Place gefunden, der gebrauchte Trekking-Stiefel verkaufte. Alex und ich deckten uns dort ein, Nora hatte schon ein Paar. Nach und nach sammelten sich immer mehr Gegenstände auf einem Haufen in unserem Appartement. Zusätzlich zu Thermosflaschen, Schlafsäcken und Isomatten musste nun auch noch der Proviant verstaut werden. Da Nora bei Alex auf dem Motorrad fahren würde, war es schon fast klar, dass der größte Teil unserer wild zusammengeworfenen Ausrüstung auf meinem *„Made like a gun-Bike"* untergebracht werden musste.
Für die Vorbereitungen hatten wir insgesamt fünf Tage gebraucht. Am längsten hatte ich nach vernünftigen Straßenkarten gesucht.
An einem Samstagabend saßen wir nach dem Essen zusammen. Ich hatte die Karten auf dem Boden ausgebreitet und Nora studierte mit Alex kritisch die Route.
Auf der Karte lag ein kleines Tütchen Beedi-Zigaretten. Ich hatte enorme Lust auf ein kurzes Karussel-Gefühl im Kopf und zündete mir eine davon an. Das Problem war, dass diese Billig-Zigaretten aus einem einzigen dicken Deckblatt mit etwas bröseliger Füllung gefertigt wurden. Man musste viel fester daran ziehen, um Rauch herauszubekommen. Dadurch inhalierte ich jedes Mal viel zu tief und fing direkt an zu husten. Prompt wurde mir schwindelig, den Rest der Kippe schmiss ich auf den Balkon. Nora schlug mir auf den Rücken, als ich hustete, dann setzte ich mich wieder neben die beiden und beugte mich auch über die Karte.

Mir war zwar klar gewesen, dass die Strecke kein Spaziergang werden würde, aber so richtig begriff ich das erst, als ich hörte, wie Alex die Höhenangaben der Bergpässe vorlas: bis zu einer Höhe von 5400 Metern war alles vertreten.
Am nächsten Tag sollte es losgehen.

Vollbepackt starteten wir am frühen Morgen, als es noch nicht so heiß war. Die verstopften Straßen von Delhi ließen wir hinter uns. Bis zum Mittag war die Gegend langweilig. Felder reihten sich aneinander. Das Auge fand für eine Weile keine Abwechslung. Gegen Nachmittag veränderte sich die Landschaft. Es gab die ersten Hügel, es gab blauen Himmel, und auf unsere Haut schien warm die Sonne.
Ich hatte mir meine Kopfhörer in die Ohren gesteckt, fuhr hinter den beiden her und hatte keine Ahnung, wohin uns das alles führte.

Die Straßen waren meistens von ganz guter Qualität, und so kamen wir am ersten Tag rasch voran: Meerut, eine Millionenstadt nördlich von Delhi, mit der ältesten Kirche Indiens wurde Ort unserer ersten Übernachtung. Hier begannen 1857 die ersten Aufstände gegen die britischen Kolonialherren. Und das aus einem sehr simplen Grund. Die Briten hatten neue Gewehre eingeführt, deren Patronen mit einer Mischung aus Rindertalg und Schweineschmalz imprägniert waren. Für Hindus sind Kühe heilig, für Moslems gelten Schweine als unrein. Daran hatte natürlich kein Brite gedacht, als sich der Aufstand wie eine einzige Woge der Gewalt über das ganze Land ausbreitete.

Unsere Reise lief zügig, aber hatte dennoch keine Eile. Nora legte Wert darauf, dass wir täglich ein gewisses Maß an Kilometern zurücklegten, genoss es aber gleichzeitig von Tag zu Tag mehr, am Abend etwas Freizeit mit Alex und mir zu verbringen. Sie brachte Alex jeden Tag mehr Vertrauen entgegen. Und ab dem dritten Tag auf dem Motorrad legte sie ihre Hände während der Fahrt eng um Alex Körper, anstatt sich hinten am Sattel festzuhalten.

Je weiter wir in den Norden Indiens vorstießen, desto kleiner wurden die Städte. Die Abgaswolken wurden dünner und die Luft frischer. In Haridwar übernachteten wir zwei Nächte und machten einen Ausflug nach Rishikesh. Hier trat der Ganges aus den Hügeln in die Ebene über, und als wir abends am Flussufer saßen und Chai-Tee tranken, sagte Nora:
„Ich kann spüren, dass mein Vater auch mal hier war.“

Schon während der ersten langen Fahrt hatte ich immer wieder versucht, diese Reise als eine Suche anzusehen. So sehr ich mich bemühte, es fühlte sich wie ein Ausflug an, und ich war ein Teilnehmer, sonst nichts. Der verliebte Alex hatte schnell den Sinn unserer Expedition verinnerlicht. Ihm fiel es leicht an das zu glauben, was Nora zu finden hoffte.
Mir fielen auf der Fahrt immer wieder kurze Episoden aus meinem Studium ein. Ein Literaturseminar im dritten Semester, während eines verregneten Sommers, in dem der Professor uns eine ganze Woche über den Begriff *Hoffnung* hatte referieren lassen: Die Zuversicht, dass etwas Wünschenswertes in der Zukunft eintritt.

„Denken Sie immer daran: Menschen die hoffen, verhalten sich positiv.“
War ich deswegen ein ewiger Pessimist? Ich hatte mein Referat mit der Aussage: *Hoffnung ist etwas für Leute, die schlecht informiert sind* beendet und prompt eine Vier kassiert.

Am Flussufer saßen einige Menschen und führten ihre rituellen Waschungen durch. Wir spürten, dass wir an einem spirituellen Ort waren. Vielleicht war Noras Vater ja wirklich hier gewesen. Andererseits waren sogar die Beatles in den 1970ern einmal hier gewesen, um zu meditieren.
Alex hatte seinen Arm um Nora gelegt, und als ich das erste schmatzende Geräusch hinter mir hörte, brauchte ich mich nicht umzudrehen, um zu wissen, was gerade geschah.
Okay. Alex hatte was er wollte. Hatte Nora was sie wollte? Ich wollte plötzlich den saunaaufgußmäßigen Geschmack eines großen eiskalten Glases Gin-Tonic spüren. Aber stattdessen sangen die Stones „You can’t always get what you want.” *Okay.*

Am nächsten Tag machten wir einen Abstecher zum Raji-Nationalpark. Alex hatte gequengelt, dass er unbedingt einen Tiger sehen wollte, und Nora hatte sich nach kurzer Zeit durchgerungen, ihm den Gefallen zu tun und ein touristisches Highlight als Zwischenstopp gewährt.
Am Nachmittag kamen wir am Front Gate des Parks an und stellten uns in einer der langen Schlangen an, um einen Visitors Permit für den Tiger Park zu bekommen.

Nora schaute in den Himmel, und ich las im Lonely Planet ein interessantes Info-Kästchen über den Park. Als ich aufschaute, erkannte ich das Unheil sofort.

Der Dritte in der Schlange vor uns war Nick.

Ich tippte Alex auf die Schulter und zeigte in die Richtung. Alex zuckte zusammen, denn Nick hatte uns schneller gesehen und erkannt als wir ihn. Er sah grauenvoll aus, sein Gesicht war sonnenverbrannt und wirkte aufgedunsen, insgesamt so, als wäre er mal wieder betrunken irgendwo in der Sonne eingeschlafen.
Es gab kaum eine Chance, ihm hier irgendwo zu entgehen, und so hatte Nick sich selbst nach kurzer Zeit bei uns eingeladen. Alex' Hass auf ihn schien sich von Minute zu Minute zu vermehren, denn Nick konnte es kaum lassen, Nora ständig von oben bis unten anzustarren, insbesondere ihren Hintern und ihre Brüste. Nora zeigte sich davon eher unbeeindruckt, und so behandelte sie Nick auch meist mit Geringschätzung. Da es anfing zu dämmern, und wir bisher alle noch nichts gegessen hatten, beschlossen wir, den Permit am nächsten Morgen ohne lange Wartezeit zu besorgen und in ein Restaurant zu gehen. Ungefragt kam Nick mit uns.
Was für ein blöder Zufall, in dieser Touristenanlage ausgerechnet ihm über den Weg zu laufen. Später saß er uns dreien gegenüber und erzählte hirnlose Geschichten, hauptsächlich irgendwelches Mediziner-Geschwätz. Wir bestellten Bier, und Alex legte demonstrativ seine Hand auf die von Nora.
Die Situation gefiel mir von Anfang an nicht. Nick zeigte sich zunehmend aggressiv, und als nach dem

Essen sein Bier nicht schnell genug kam, fing er an, den kleinen Kellner erst auf Deutsch und dann auf Englisch anzupöbeln. Der Kellner grinste zunächst nur unterwürfig, nach einer kurzen Weile aber, in der ich mich zunächst nur mir Nora und Alex versucht hatte, normal zu unterhalten, kam jedoch der Geschäftsführer und bat uns, die Rechnung zu begleichen und seinen Laden zu verlassen. Ich schämte mich und fing an, mein Geld herauszukramen.
Irgendwie mussten wir Nick loswerden.
Nick sprang aber plötzlich so schnell vom Stuhl, dass dieser scheppernd umfiel, rannte auf den Chef des Restaurants zu und schrie:
„Ich werde nichts bezahlen und gehe wann ich will!"
Dann griff er sich eine Flasche Hochprozentiges von der Bar und wollte zurückgehen. Alex und Nora zogen sich schon die Jacken an und legten Geld auf den Tisch. Nick schaute uns irre an, nahm die kleinen abgezählten Geldbündel und hielt sie in die Kerzenflamme auf dem Tisch, dann warf er das lichterloh brennende Papiergeld auf einen Teller mit Essensresten. Die ganze Situation fing an zu eskalieren. Der Geschäftsführer telefonierte hektisch irgendetwas in sein Handy, und Nick öffnete die Flache, um einen tiefen Schluck zu nehmen und weitere Stühle umzuwerfen.
Es war nicht zu fassen, wir würden wegen diesem Kerl in ernsthafte Schwierigkeiten kommen. Nick fing erneute Diskussionen mit dem Geschäftsführer an, und wir wollten gerade einfach gehen, als noch ein Kellner auftauchte und uns den Weg versperrte.
Alex schubste ihn leicht weg, nahm Nora an der Hand und ging zur Tür. Draußen quietschten Reifen, und ich hörte aufgeregte Rufe. Die Polizei war

schnell da. Das Tischtuch hatte inzwischen Feuer gefangen und wäre wahrscheinlich auf dem Metalltisch auch von alleine ausgegangen, sah jedoch bedrohlich aus. Die Tür ging auf und sechs Polizisten mit braunen Uniformen und Bambusstöcken stürmten herein. Es entbrannte eine rasche Diskussion zwischen dem Chef und dem Polizeioberst. Kellner und Chef beschwerten sich erregt über Nick, aber auch über uns.

Nick nahm eine Flasche vom Tisch und drückte sie blitzschnell einem der Polizisten in die Seite. Er drehte vollkommen durch. Aus dem Augenwinkel sah ich, wie Nora sich in eine Ecke flüchtete, während Nick mit voller Wucht einen Schlag mit dem Bambusstock auf den Kopf erhielt. Alex war der Nächste, und dann spürte ich einen Druck auf der Schuler und ging zu Boden. Es kribbelte, dann tat es weh. Ich lag auf dem Rücken und schrie, Nick schrie am lautesten. Auch ihn hatten sie zu Boden geworfen, und dann begannen drei Polizisten, auf ihn einzutreten.

Ein Polizist fing an, auch mich in die Seite zu treten, und die Erkenntnis, dass ich hier in irgendeinem drittklassigen nordindischen Restaurant wegen Zechprellerei und Unruhestiftung dank Nick zu Tode geprügelt werden würde, erfüllte mich mit Schrecken. Ich dachte kurz, ich würde das Bewusstsein verlieren, dann wurde ich in einen Wagen gehoben.

Im Morgengrauen kamen wir endlich aus der Polizeistation heraus.

Nora und Alex hatten einige Überredungskünste und zweitausend Rupien aufgewendet, um die Polizisten von unserer Unschuld an dem Tumult zu überzeugen.

Von Nick fehlte jede Spur. Vielleicht hatten sie bei ihm Drogen gefunden und ihn auf unbestimmte Zeit irgendwo weiter eingekerkert. Alex sah ziemlich mitgenommen aus. Am Hinterkopf hatte er eine kleine Wunde, seine Haare waren noch blutverkrustet. Mir tat die Schulter weh. Nora war erstaunlicherweise ganz guter Dinge. Die gute Laune währte aber nicht lange, denn als wir in die kleine Straße einbogen, in der wir die Motorräder stehen gelassen hatten, war dort alles leer.
Die Motorräder waren weg.

Alles nur wegen diesem bescheuerten Nick.
Alex schrie, fluchte und trat in den Boden, bis er von einer Staubwolke eingehüllt war. Nora setzte sich an den Straßenrand und legte ihren Kopf in die Hände. Wir hatten mit den Motorrädern erst drei Viertel der Strecke zurückgelegt. Einen Teil der Taschen hatten wir in der Polizeistation zurückbekommen. Der Polizei den Diebstahl zu melden, hätte keinen Sinn gemacht. Die Beamten, die uns verhaftet hatten, hatten sich vermutlich direkt danach die Motorräder selbst unter den Nagel gerissen. Wir konnten natürlich wenig dagegen einwenden, schließlich waren die Maschinen Hehlerware.

Eigentlich wollten wir über Kulu nach Manali, um von dort weiter über die hohen Bergpässe nach Leh in die Region Jammu und Kaschmir zu gelangen.
Die Niedergeschlagenheit war groß. Wir hatten zwar noch etwas Geld und einen Teil der Campingausrüstung, aber vor allem Nora sah ihren Plan so gut wie zerstört. Eigentlich mehr, um irgendeinen Scherz zur Aufheiterung zu machen, stellte ich mich an die

Hauptstraße und hielt den Daumen raus. Das internationale Zeichen, um mitgenommen zu werden. Zufällig knatterte genau in diesem Moment ein nach Dieselabgasen stinkender und bis über das Dach beladener LKW um die Ecke. Zu Alex und Noras, aber vor allem zu meiner größten Verwunderung hielt der Fahrer sofort an.

Der LKW-Fahrer war ein entspannt aussehender, etwa 40 Jahre alter, kleiner Mann. Um den Hals trug er ein Handtuch, und beim Lachen enthüllte er drei enorme Zahnlücken. Freundlich winkte er uns zu. Er fuhr tatsächlich die Manali-Leh Strecke und war einverstanden, uns für 500 Rupien alle mitzunehmen.
Es wurde recht eng auf der vorderen Sitzbank, unsere Taschen stopften wir hinter die Sitze. Von dem erhöhten Platz hatte man einen tollen Blick über die Straße. Alex bedankte sich überschwänglich auf Hindi und nannte unsere Namen. Unser netter Fahrer hieß Vijay. Er hatte sich seinen LKW wie ein Wohnzimmer eingerichtet. Bunte, abgewetzte Decken lagen über den Sitzen, ein großes Radio stand neben der Gangschaltung. Am eindrucksvollsten war jedoch sein kleiner Altar neben dem Armaturenbrett, den er mit allem möglichen bunten Glitzerzeug und einer Art blinkender Weihnachtslichterkette verziert hatte. Vijay stellte nicht viele Fragen, nach kurzer Zeit erlagen wir der Müdigkeit und den Ereignissen der letzten Nacht und schliefen fest ein.

Ich wachte wieder auf, weil ich heftige Kopfschmerzen bekam. Der erste bewusste Atemzug nach dem Schlaf war ein kleiner Schock. Ich hatte das Gefühl, dass jede noch so tiefe Atembewegung nicht aus-

reichte, um meinen plötzlichen Sauerstoffhunger zu stillen.
Vijay lachte mich an, als er sah, wie viel Mühe mir das Atmen bereitete. Dann zeigte er auf die schlafende Nora. Es sah aus, als würde sie hecheln. Alex schnaufte eher stoßweise vor sich hin.
Mein Schädel pochte. Die Landschaft hatte sich in kurzer Zeit erheblich verändert. Wir waren bereits mitten im Gebirge. Wie eine Schlange fand die enge Straße ihren Weg durch die zerklüftete Landschaft. Der Gegenverkehr konnte nur vorbeifahren wenn man sich arrangierte und in kleine Nischen fuhr, die immer wieder rechts und links in den Berg geschlagen worden waren. Ich fragte Vijay, wie hoch wir wohl sein mochten. Er blickte konzentriert auf die Straße und hielt dann die Hand in meine Richtung. Vier Finger hielt er hoch. Dann fünf. Wir waren irgendwo zwischen 4000 und 5000 Metern über dem Meeresspiegel. Der Ausblick war gigantisch, hinter jeder Kurve kam ein neuer Gipfel zum Vorschein, der alle bisherigen an Höhe zu übertreffen schien.
Doch das Beste an den Bergen, das Gute, so weit nach oben gekommen zu sein, war, dass sich die Gedanken hier oben frei in alle Richtungen bewegen konnten. Die Luft war klar und schneidend.
Alex und Nora wachten wenige Minuten nach mir auf. Es wurde das gleiche Schauspiel wie bei mir, und diesmal konnte ich verstehen, dass Vijay gelacht hatte. Es sah richtig komisch aus. Alex blies die Backen auf und Noras Nasenflügel wackelten. Vijay fuhr seine Ladung und seine drei wie Karpfen nach Luft schnappenden Passagiere sehr zuverlässig über einen der höchsten befahrbaren Bergpässe der Welt. Doch gegen Abend gab es eine Zwangspause.

Vor uns war ein kleiner Truck in einer steilen Kurve einfach nach hinten umgekippt. Nun kullerte ein Teil der Ladung die Pass-Straße hinunter. Die Vorderräder standen komplett in der Luft und drehten sich noch. Da die Straße komplett versperrt war, stiegen auch wir aus und halfen, die verstreute Ladung einzusammeln. Ein Großteil bestand aus Plastikdosen, die der Wind zum Teil leider rasch in den Abgrund neben der Straße wehte. Nora und Alex beobachteten die angestrengten Versuche, immer mehr Menschen in das Führerhaus zu stopfen, um auf diese Weise den Laster vorne schwer genug werden zu lassen. Nora war fasziniert davon.
„Hier oben brauchen sich die Menschen gegenseitig. Siehst du, wie sie sich helfen? Die Berge sind zwar unerbittlich und manchmal auch tödlich, aber sie scheinen die Leute hilfsbereiter zu machen."
Alex nickte ihr eifrig zu.
Es blieb ihnen ja auch nichts anderes übrig.
Wenn keiner mithalf, würde auch keiner an sein Ziel gelangen.
Am späten Nachmittag kamen wir in Leh an.
Eine wunderbare kleine Stadt. An einem Berg Richtung Norden thronte ein alter Palast über dem Ort. Aus der Ferne sah er aus wie eine kleine Kopie der Potala in Lhasa. An der kleinen Stadt vorbei schlängelte sich der Indus. Der Fluss, der mit seinem Wasser Millionen von Menschen versorgt und letztendlich Indien seinen Namen gegeben hatte. Wir waren ganz in der der Nähe seines Ursprungs.
Die Nähe zu Tibet war schnell zu spüren. Gleichzeitig leider auch die Grenznähe zu China und Pakistan. Überall liefen bewaffnete Soldaten Patrouille. Vor den Toren der Stadt erinnerten die überfüllten tibe-

tischen Flüchtlingslager an das schon so lange andauernde Elend dieses großen, von den Chinesen misshandelten Volkes.
Als ich die Motorrad-Taschen mit einem neu gekauften Lederriemen zu Umhängetaschen umfunktionieren wollte, spürte ich einen pochenden Schmerz in meinem Unterarm. Genau dort, wo der Hundebiss eigentlich schon ganz gut verheilt zu sein schien, zeigte sich die Haut warm und knallrot. Als Alex mir über die Schulter schaute, zog ich den Jackenärmel schnell wieder darüber.

Die Menschen in Leh machten einen viel freundlicheren Eindruck als in Delhi. Ihre Gesichter sahen ganz anders aus. Ihre Augen waren groß, freundlich und neugierig.
Auf zwei kleinen Gipfeln in der Nähe waren Stupas errichtet worden, die eine lange Leine, an der bunte Gebetsfahnen flatterten, miteinander verband. Es war auf einmal leichter zu glauben, dass wir hier irgendwo ein Shangri La finden konnten. Trotz aller Soldaten strahlte Leh eine wunderbare Ruhe aus. Das Klima war verrückt. Während der Kopf in der Sonne verbrannte, bekamen die Füße im Schatten Erfrierungen.
Alex und Nora gingen langsam, wie ein altes Ehepaar, vor mir, die Luft mit heftigen, kurzen Atemstößen nach Sauerstoff filternd.
Am Abend hatten wir uns ein Zimmer in einem kleinen Guesthouse besorgt. Es wimmelte vor Kakerlaken. Auf der Erde lag Mäusekot und die Matratzen rochen nach Pisse. Nora hatte schlechte Laune. Schon Tage zuvor hatte ich mitbekommen, dass sie beim Gedanken, möglicherweise bald ihrem Vater

gegenüberzustehen, angespannt und zunehmend gereizter wurde. Sie schien nicht recht zu wissen was sie fühlen sollte, oder konnte, wenn unsere Reise bald ihr Ziel erreichen würde.
Ich war todmüde und lag schon im Bett, als ich Noras Stimme laut aufbrausen hörte. Die Nacht war kalt, und der alte Herbergsvater hatte jedem von uns zwei alte Plastikflaschen mit heißem, abgekochtem Wasser gefüllt. Eine Flasche hatte ich mir hinter den Rücken gelegt, die andere an die Füße. Eine wohlige Wärme umgab mich.
Erst zog ich mir den Schlafsack über die Ohren, um einschlafen zu können, es war dunkel und unter der Tür-Ritze hindurch kam nur etwas Licht.
Als ich Alex Stimme flüstern vernahm, zog ich mir den Schlafsack vom Kopf und hörte doch zu. Die beiden wurden immer lauter, versuchten aber zischend und gedämpft zu reden, weil sie dachten, sie könnten mich wecken.
Alex Stimme hatte den gewohnten enthusiastischen Tonfall:
„Du solltest dich bei ihm dafür bedanken, dass du hier bist, er hat dich ja schließlich hierher geführt."
„Ich soll was? Mich bedanken? Wir sitzen im miesesten Drecksloch, das ich mir vorstellen kann, und ich soll mich bei ihm dafür bedanken, wenn ich ihn treffe? Ich würde ihm ins Gesicht spucken!"
„Und dann? Wir fahren doch nicht in den Himalaja, damit du jemandem ins Gesicht spucken kannst."
Noras Stimme klang plötzlich bockig.
„Dann würde ich ihm irgendetwas nehmen, dass ihm viel bedeutet."
„Also willst du dich rächen?"
„Ja, ich glaube, ich möchte mich rächen..."

„Vielleicht würdest du dich auch freuen, dass du ihn wiedergefunden hast, und diese Freude würde dann all deinen Zorn verschwinden lassen, vielleicht bist du froh…"
Wieder klang ein spöttisches Geräusch aus Noras Mund. Die beiden machten eine kurze Pause, ich hörte wie angestrengt Nora atmete, so als würde sie mühsam mit den Tränen kämpfen. Dann flüsterte Alex:
„Ich glaube, Dankbarkeit und Rache sind sich sehr ähnlich!"
„So ein Quatsch! Für mich ist Dankbarkeit das größtmögliche Gegenteil von Rache!"
„Aber beide werden ausgelöst, indem ihr euch etwas gegeben habt. Dadurch, dass er dich verlassen hat, hat er dir das Leben gegeben, wie du es jetzt kennst, hast du dir schon einmal überlegt, wo du sein könntest, wenn er bei euch geblieben wäre? Woher weißt du, dass es dir unbedingt besser ergangen wäre? Glaub mir, ich bin mir sicher, das Schicksal hat es für dich richtig eingerichtet, und ob wir deinen Vater finden oder nicht, es gibt keinen Grund, warum du dir jetzt schon ausdenken musst, ob du ihn hassen oder lieben, dich bei ihm bedanken oder dich rächen musst."
„Vielleicht hast du ja Recht, aber ich glaube an das Motto: gib etwas Schlechtes, bekommst du etwas Schlechtes zurück. Das ist der Deal."
„Was ist der Deal?"
„Rache ist der Deal."

Alex seufzte. Ich hörte, wie er sie küsste, und dann wurde es still. Die Atemgeräusche der Beiden wurden langsam ruhiger und tiefer, nur ich konnte nicht mehr einschlafen. Der Schlaf war beleidigt und ließ auf sich warten. Er versteckte sich hinter einem großen Haufen von Gedanken, die ich jetzt einfach nicht denken wollte.

Am folgenden Nachmittag saßen wir in einem kleinen Café. Die Sonne schien hell. Im Schatten einer Ecke lief ein kleiner Fernseher.
Breaking News.
Der junge Mann hinter der Theke drehte die Lautstärke hoch. Angespanntes Schweigen. Bombenexplosionen in Varanasi, der heiligen Stadt. Der Hanuman-Tempel zerstört, zwei weitere Explosionen am Bahnhof. Viele Tote. Bilder von Rauch, Schutt, Asche und verletzten Menschen flimmerten über den kleinen Bildschirm. Der Terror war allgegenwärtig. Nora schluckte, Alex sah mich an. Uns allen wurde plötzlich in erschreckender Klarheit bewusst, auf was wir uns eingelassen hatten. Der Kashmir- und China-Grenzkonflikt fand hier direkt vor unserer Nase statt. Irgendwann konnte es auch uns treffen.
Alex zündete sich eine Zigarette an. Nora wandte ihren Blick vom Fernseher ab. Anspannung lag weiterhin in der Luft.
Verdrängung.
Das half immer. Alex stammelte vor sich hin.
„Aber auf Touristen haben die es ja eher nicht abgesehen!“
„Klar.“
„Logisch.“
„Bestimmt nicht!“
Trügerisches Schweigen.

Du musst ja nicht um die Welt reisen, um zu begreifen, wie blau der Himmel ist.

Das hatte meine letzte Freundin immer zu mir gesagt, wenn mich wieder das Fernweh packte, und ich einfach nur noch weg wollte. Viel Verständnis für meine Reiselust hatte sie nicht.
Home and safe, warm and dry.

Bevor ich am zweiten Neujahrstag angefangen hatte, die Bewerbungen an das Goethe-Institut zu schreiben, war sie zu mir gekommen. Ein verschneiter Tag ohne Hektik, ganz Deutschland noch mit Restalkohol ruhig gestellt. Sie hatte nur einen dicken Mantel und Stiefel an. Darunter nichts. Wir schliefen drei Mal in dieser Nacht miteinander. Es fühlte sich besser an als sonst. Intensiver und ehrlicher. Ohne Worte.
Das beste Abschiedsgeschenk, das ich jemals bekommen habe. Mit einer Nachricht auf der Ablage im Badezimmer.
Manchmal kann es ein wunderbarer Glücksfall sein, wenn du nicht das bekommst, was du dir wünschst.
Natürlich hatte ich verstanden, was sie meinte. Sie hatte schon alles im Voraus geahnt. Weibliche Intuition. Aber warum war ich dann hier? Auf der Suche nach etwas Größerem, das ich wahrscheinlich gar nicht finden wollte?

Alex riss mich aus meinem Gedanken-Zirkus.
„Du wirst es nicht glauben! Die haben hier in Leh sogar einen Golfplatz!"
Schnell stieß ich die Schubladen im Kopf zu und gab mich sofort wieder der schönen, vertrauten Ablenkung durch Alex und Nora hin.
„Wahrscheinlich der höchste Golfplatz der Welt!"
Genau genommen hatte der Golfplatz, der in der Nähe von Leh von der indischen Armee unterhalten

wurde, nichts mit Golf zu tun. Es gab keinen Rasen, nur neun, mit alten Wimpeln markierte Löcher in einer schütter bewachsenen Einöde. Für ein paar Rupien hatten Nora und Alex einige Bälle und Schläger geliehen. Am nächsten Morgen machten wir uns auf den Weg, um die Bälle durch die Gegend zu prügeln. Beim fünften Loch verließ uns die Lust, und wir marschierten zu einem Cricket-Spiel, das ganz in der Nähe stattfand. Ablenkung zu finden war sehr einfach. Die Zeit ließ sich prima totschlagen. Aber trotzdem lag über allem, was wir machten, eine ungewisse und oft auch lähmende Anspannung. Das Ziel dieser Reise lag eine Tagesstrecke entfernt. Hinter militärischem Sperrgebiet. Ausnahmegenehmigungen waren gegen Geld zu haben, nur schnelle Bearbeitung konnte man sich hier nicht leisten. Die Bestechungsgelder waren einfach zu hoch.

Hamburg-Harburg, 00:09

Ich wache in einem Bett auf einem Truppen-Übungsplatz auf. Sämtliche Häuser sind total zerschossen. Ich schaue in den blauen Himmel, man hört Vögel und die Luft riecht gut nach Frühling. Dann kommt ein General in Uniform und möchte mir ein Stück Glasscheibe in den Rücken stecken. Es folgen quälend lange Diskussionen, warum ich das nicht so gerne möchte. Ich kann den General überreden, mich in Ruhe zu lassen.
Als Nachttisch steht neben mir ein Kühlschrank, aus dessen Ritzen eine braune, zähflüssige Soße läuft. Auf einmal ist alles Schwarz-Weiß und aus allen Lichtquellen läuft die gleiche dunkle Soße heraus. Aus den Rändern der Sonne tropft es langsam in mein Bett. Alles wird schmierig und klebrig und der Himmel immer dunkler. Um nicht selbst klebrig zu werden, springe ich aus dem Bett und renne weg.

Vergebung

Von Leh war der Kardung Pass 39 Kilometer entfernt. Eine militärisch wichtige Strecke, auf der wir uns im heiklen Dreieck zwischen China, Pakistan und Indien bewegten.
Unsere Reisegenehmigungen für dieses Sperrgebiet hatten zwar nur 100 Rupien gekostet, aber bis wir das kleine, speckige und mit einer Vielzahl bunter Stempel versehene Stück Papier in der Hand hielten, waren zwei Tage vergangen.
Ein Jeep mit Fahrer brachte uns langsam immer tiefer in das Herz des Himalajas.
This is the way the world ends.
Ich saß vorne und dachte über den Abend und die merkwürdige Stimmung nach.
Die Bergwelt verschluckte uns vollständig. Ich traute mich in den Kurven kaum nach unten zu schauen. Steile Schluchten, jede Menge Möglichkeiten für Abstürze und Unfälle.
Der Fahrer fragte mich auf der Fahrt mehrmals, ob ich in Indien schon mit einer Frau geschlafen hätte.
Ich schüttelte den Kopf. Er erklärte, man könne das Land nur dann wirklich kennenlernen, wenn man auch mit einer einheimischen Frau geschlafen hätte.
Ich starrte stur aus dem Fenster.
Schließlich erreichten wir nach fast vier Stunden den Punkt, an dem sich das Tal in seiner vollen Ausdehnung dem Betrachter öffnete.
Ich war froh, aussteigen zu können. Die Gespräche auf der Fahrt waren sehr anstrengend gewesen.

Ab hier ging es zu Fuß weiter. Eine Straße gab es nicht mehr. Eine gigantische Hochebene lag vor uns. Überaus karge Landschaft, die aussah wie die Mondoberfläche. Eine Steinwüste, nur zum Teil unterbrochen durch größere Mengen an Geröll und Gestein, und eingefasst in die schneebedeckten Gipfel des Himalaja.
In weiterer Entfernung erhob sich in dieser Landschaft ein Hang, und trotz der Distanz erkannten wir die Umrisse des Klosters, das sich dort wie eine Burg oder Festung an die steiler aufsteigenden Hänge schmiegte. Wie eine Oase in der Wüste umgab das Kloster ein feiner grüner Saum. Wenn man sich darauf konzentrierte und die Augen zusammen kniff, um schärfer sehen zu können, hatte man den Eindruck, er würde sofort wieder verschwinden. Mit jedem Schritt, den wir gingen, wurde es klarer. Auf dem steinharten Boden wuchs tatsächlich eine dünne Grassorte mit scharfkantigen und kurzen Halmen. In dieser Einöde gab es dem Kloster einen hoffnungsvollen Schimmer.
Mit allem, was unsere Körper noch an Kräften mobilisieren konnten, setzten wir einen Fuß vor den anderen. Keuchend, schwitzend und trotzdem frierend legten wir die Strecke in etwa drei Stunden zurück. Schließlich standen wir erschöpft am Fuß des Klosterbergs.
Ein gewundener Pfad schlängelte sich am Hang hinauf zum Eingang. Am Wegesrand standen kleine Gebetsschreine, bunte Gebetsfahnen flatterten im Wind.
Außen Stille. Innen das Rauschen des eigenen Bluts im Kopf.

Als wir uns dem halboffenen Haupttor näherten, lief uns ein freundlich aussehender Mönch in unserem Alter entgegen. Seine Haut war sonnengebräunt, er trug das traditionelle dunkelrote Gewand. Seine Jacke hingegen war eine moderne North-Face Fleecejacke, die die gleiche Farbe hatte. Tibetische Sprüche murmelnd, legte er jedem von uns einen hellen Stoffschal um den Hals und berührte unsere Stirn mit seiner Stirn. Dann wies er uns den Weg durch eine windschiefe, schwere Holztür, die bestimmt hunderte von Jahren alt sein musste. Er selbst ging voraus.
Der erste Innenhof war klein und eng. Wie ein Rechteck angelegt, diente er wohl als Vorhof für einen weiteren und größeren Platz in seiner Mitte. Mehrere verschlossene Holztüren stellten die weitere Verbindung zum Kloster dar.
Der Mönch drehte sich um und begrüßte uns in fließendem Englisch. Sich selbst stellte er als *Lobsang* vor. Als wir unsere Namen nannten, faltete Lobsang bei jedem Einzelnen die Hände und deutete sehr eifrig eine Verbeugung an. Zu meiner größten Verwunderung stellte er nicht eine einzige Frage über den Grund unseres Besuchs. Aus meiner Sicht konnte es schon aufgrund der enormen Abgeschiedenheit des Klosters nicht alltäglich sein, dass hier fremde Besucher ankamen. Lobsang entschuldigte sich kurz und verschwand in einer der Türen, um wenige Minuten später mit vier kleinen Bechern und einer dampfenden Blechkanne wiederzukommen. Er schenkte jedem von uns einige Schlucke des dampfenden Buttertees ein und wies uns an, zu trinken. Es schmeckte außerordentlich salzig und hatte ein ranzig, fettiges Aroma. Aber schon ein Schluck machte, dass ich mich warm und satt fühlte.

Nora und Alex tranken ebenfalls und stießen nach den ersten Schlucken ein zufriedenes Seufzen aus.
Nora wühlte in ihrer Tasche und holte das Foto ihres Vaters hervor. Während sie es Lobsang unter die Nase hielt, sagte sie:
„Vielen Dank für Ihre Gastfreundschaft Lobsang. Wir haben den weiten Weg hierher unternommen, um diesen Mann zu finden."
Sie zeigte auf das Foto.
„Das ist mein Vater."
Lobsang nahm das Foto, streifte es jedoch nur mit einem kurzen Blick, dann gab er es Nora zurück.
Angespannt schauten Alex und ich ihn an.
Lobsang wiegte den Kopf hin und her.
„Ich bedaure sehr, dass ich euch in diesem Moment nicht helfen kann. Ich will versuchen, euch später alle Auskünfte zu erteilen, die ich fähig bin zu geben."
Noras Enttäuschung war nicht zu übersehen. Während er die Becher einsammelte, erklärte er, nicht ohne Aufregung in seiner Stimme, dass wir an einem besonderen Tag angekommen waren.
„Ich bin ein Mönch aus Dharamsala und habe einen besonderen Auftrag in diesem Kloster zu erfüllen."
Lobsang wandte sich zum Gehen und erzählte in kurzen Sätzen, dass der Rinpoche des Klosters, ein hoher geistiger Führer, schon vor einigen Wochen gestorben war. Er selbst war nun berufen worden, die Reinkarnation des Rinpoche in einer benachbarten Gegend zu finden. Wochenlang war er auf der Suche in kleinen Dörfern und hatte Jungen im Alter von einem bis eineinhalb Jahren gesucht. Ein kleiner Junge war ihm schließlich aufgefallen. Der kleine hatte scheinbar eine Gebetskette des verstorbenen Rinpoche wiedererkannt. Heute war der Tag ge-

kommen, an dem er nochmal auf die Probe gestellt werden sollte. Alles drehte sich heute um diese bestimmte Zeremonie, an deren Ende teilzunehmen er uns schließlich einlud.
Nora wollte noch einmal auf das Foto hinweisen, doch Alex drückte sanft ihre Hand herunter und flüsterte:
„Alles zu seiner Zeit. Wir können sie doch jetzt nicht stören!“
Nora lenkte nach kurzem Zögern ein. Ich hatte es mir inzwischen auf einer der Taschen bequem gemacht und hielt meinen Arm mit der anderen Hand fest. Er pochte und brannte in den letzten Stunden zunehmend. Der Schmerz hatte sich seit unserem letzten langen Marsch bis in die Ellenbeuge ausgebreitet. Nach wie vor wollte ich aber damit nicht die Aufmerksamkeit auf mich lenken. Gerade jetzt nicht.
Lobsang erklärte, er sei der einzige Mönch, der mit uns Englisch sprechen könne. Deshalb bat er uns zu warten, bis der innere Hof für die Zeremonie hergerichtet worden war und er uns abholen konnte.

Als es dämmerte, wurde im inneren Hof mit dem Singen von Mantras begonnen. Die Stimmen von vielen Mönchen vereinigten sich nach und nach zu einem tiefen und vibrierenden *„Ooohmm“*.
Gebetstrommeln wurden geschlagen. Zwischen dem *Ohm* herrschte eine vollkommene Stille, selbst der sonst laut heulende Wind schien sich kurz zurückzuhalten. Dann wieder wurde die Ruhe durch den hellen Klang von Schellen durchbrochen. Als es weiter dunkelte, erkannten wir den Schein von Feuer unter einigen der verschlossenen Türen. Als wieder lautere Stimmen zu hören waren, öffnete sich die Tür, vor

der wir fast drei Stunden gewartet hatten. Lobsang erschien und gab uns einen Wink. Unser spärliches Gepäck ließen wir liegen wo es war und folgten ihm in den mit Fackeln und Butterlampen reich erleuchteten, großen Innenhof. Ruhig bedeutete er uns Stille mit dem auf die Lippen gelegten Zeigefinger.
Der Anblick war überwältigend. Unter dem sternenklaren Nachthimmel, der sich über unseren Köpfen aufspannte, folgten etwa 50 Mönche der Zeremonie.
Nora war so aufgeregt, dass sie kaum ruhig stehenbleiben konnte. Ihr Blick verfolgte die Rücken der Mönche Reihe für Reihe. Mehr konnten wir nicht sehen. Lobsang ließ uns stehen und ging seitlich einige Schritte näher an einen kleinen Tisch, der vor der Menge aufgebaut worden war. Ich erkannte einige religiöse Gegenstände. Dort lagen mehrere Gebetstrommeln, kleine Handglocken und Gebetsketten aus Glasperlen. Ein älterer Mönch mit Brille trug dann einen kleinen dunkelrot gekleideten Jungen, dem bereits die Haare am Kopf rasiert worden waren, in den Hof. Lobsang ging auf ihn zu und begrüßte ihn liebevoll. Der ältere Mönch stellte sich mit dem Jungen an den Tisch. Auch ohne die gesprochenen Worte zu verstehen, konnte ich begreifen, dass dem Jungen nun erneut Gegenstände des verstorbenen Rinpoche gezeigt wurden.
Die wahre Inkarnation würde sich erst zeigen und bestätigen, wenn der Junge aus den vielen Gegenständen genau die richtigen heraussuchte. Was zunächst wie unbedarfte Spielerei aussah, ließ die Mönche bei der ersten Auswahl spürbar den Atem anhalten.

Ich glaubte erst an einen Zufall, als der Junge erneut die richtige Gebetskette wählte. Meine Anspannung wuchs dann jedoch, als das Kleinkind aus vier Gebetstrommeln ohne Zögern die richtige in die Hand nahm und sogleich in seiner verspielten und unbekümmerten Art begann, damit zu spielen und Töne zu erzeugen.
Zuletzt bot der ältere Mönch nun die Gebetsglocken zur Auswahl an. Der Kleine zögerte. Ich schaute kurz zur Seite. Alex war gebannt wie ich. Nora konnte ich ansehen, dass sie nur auf den erstbesten Moment wartete, um nach vorne zu laufen und die Gesichter der Mönche sehen zu können.
Mein Gesicht brannte. Wenn es nicht die Hitze der Fackeln war, die meinen Kopf zum Glühen brachten, konnte ich eigentlich nur Fieber bekommen haben. Den Gedanken verdrängte ich jedoch schnell wieder. Der Junge beklagte sich, als man ihm die Trommel wieder aus der Hand nahm. Doch der Unmut ging fließend in ein helles, kindliches Lachen über, als seine kleine Hand über die vier aufgestellten Glocken kreiste. Ohne es eigentlich zu wollen, hielt ich nun auch den Atem an. Die Hand des Kindes verharrte kurz in der Luft und griff dann zielstrebig nach einer kleinen, einfach verzierten Glocke.
Als der ältere Mönch mit der Brille sofort einen Satz ausrief und den Jungen den Mönchen zudrehte, ging ein lautes, aufgeregtes Raunen durch die Menge. Sofort warfen sich die Anwesenden vor dem Jungen, der neu entdeckten Reinkarnation des Rinpoche, mit ihrem ganzen Körper zu Boden. Ohne uns anzuschauen, knieten Alex und ich reflexartig nieder.
Nur Nora, die zwischen uns gestanden hatte, ging nicht in die Knie. Mit wenigen Schritten eilte sie an

einen Seitenpfosten des Klostervordachs und starrte agitiert in die Menge.
Lobsang sah Nora und hatte sie auf dem kürzesten Weg durch die Menge erreicht. Einige Mönche drehten sich irritiert um. Nora war kurz davor, in die Gemeinschaft kniender Mönche zu stürzen. Laute Gesänge wurden wieder angestimmt.
Ein Windstoß brachte sämtliche Fackeln zum Flackern, nicht wenige der kleineren Lichter erloschen. Lobsang hielt Nora an den Oberarmen fest und zog sie zurück. Während sich Nora noch gegen den kräftigen Griff wehrte, legte er vorsichtig seinen Kopf von hinten an ihre Wange. Auch aus dieser Entfernung konnte ich von seinen Lippen die wenigen englischen Worte, die Lobsang in Noras Ohr sprach, genau ablesen:
„Er ist nicht hier!"

Still warteten wir später darauf, dass Lobsang kam, um Nora mehr zu erzählen. Nora saß zusammengesunken auf ein paar Decken in der Ecke eines kleinen Gästezimmers. Ihre Hände hatte sie über ihr Gesicht gelegt. Keiner von uns fühlte sich fähig, irgendetwas zu sagen. Alex fiel es schwer, Nora so leiden zu sehen. Ratlos saß er neben ihr. Ich stand auf und schaute aus einem schmalen Fenster. Wir waren immer noch in einem Vorgebäude des großen Klosters. Vermutlich durften wir auch gar nicht weiter hinein.
Die Fackeln und Lichter im Innenhof waren gelöscht worden. Der helle Mond zeichnete die Berggipfel des Himalajas klar vom Nachthimmel ab. Das ganze Tal zu unseren Füßen schien in ein silbriges Licht getaucht.

„Dieser Ort hat schon etwas Magisches."
Alex schaute mich schweigend an.
„Nora, dein Vater hat sich hier sicher sehr wohl gefühlt. Ich kann mir vorstellen, dass er sein Shangri La hier wirklich gefunden hat."
Nora schaute nicht auf. Mehr wusste ich nicht zu sagen.
Mönche hatten uns drei Schalen mit Tsampa-Brei gebracht. Doch keinem von uns war nach Essen zumute. Mein Arm brannte wie Feuer. Die Schmerzen waren eigentlich nur erträglich, wenn ich ihn mit der anderen Hand diskret festhielt. Meine Schmerztabletten gingen auch zur Neige. Wieder war es der falsche Zeitpunkt, Alex darum zu bitten, sich den Arm noch einmal anzusehen.
Lobsang kam nach wenigen Minuten zu uns. Sein Gesicht strahlte Betroffenheit aus. Dann stellte er sich vor Nora auf und faltete die Hände. In klaren englischen Worten sprach er die ungeheuren Worte in den Raum.
"He is dead. I am so sorry to tell you."

Nora saß wie versteinert da. Alex und ich hatten begriffen, was gerade gesagt wurde. Nora schüttelte den Kopf. Sie riss den Mund weit auf, und für einen kurzen Augenblick sah es so aus, als bekäme sie keine Luft. Noch bevor sie ein Wort sagen konnte, erklärte Lobsang mit seiner ruhigen Stimme, dass der deutsche Mönch schon sehr lange sehr krank gewesen sei. Vor einer Woche war er im Kloster verstorben und hatte vor kurzem eine Bestattung mit allen Würden und Ehren eines Mönchs erhalten.
Das Versterben von Noras Vater war im Zusammenhang mit dem Tod des alten Rinpoche zunächst als

schlechtes Omen gedeutet worden. Die Bestattung seines Körpers war daher unverzüglich erfolgt.
Einzelne Tränen liefen über Noras Gesicht und hinterließen auf ihrer staubigen Haut kleine, saubere, senkrechte Linien.
Noras Vater hatte tatsächlich seinen Platz in diesem Kloster gefunden. Ob dieser abgeschiedene Ort das Paradies für ihn war, das er gesucht hatte, konnte nur er selbst gewusst haben.

Alex starrte auf den Boden und versuchte, eine Hand auf Noras Schulter zu legen, die von ihr aber sofort abgeschüttelt wurde. In meinem Kopf pochte es. Mir kam es wie eine Ewigkeit vor, in denen Nora still weinte, wir regungslos dasaßen und Lobsang weiter sprach. Plötzlich richtete sich Nora auf, wischte ihr Gesicht mit dem Ärmel ab und sagte mit fester Stimme:
„Wo ist er beerdigt worden?“
Lobsang hob den Finger und zeigte in die Luft. Nora fragte wieder:
„Nein, ich meine, wo hat man ihn begraben?“
Lobsang zog die Augenbrauen leicht hoch, so als verstünde er nicht genau, was Nora mit *begraben* meinte.
„*Jahtor*“, sagte er kurz und hob wieder den Finger, um in die Luft zu zeigen. „A Sky Burial.“

Nora zog die Nase hoch und schaute sich hilfesuchend um.
Alex stand auf und nickte Lobsang dabei zu. Dann setzte er sich wieder neben Nora, diesmal etwas näher.

„Nora, er will uns damit sagen, dass dein Vater nicht begraben wurde. Er konnte hier oben nicht begraben werden, der Boden ist einfach zu frostig.“
Alex holte tief Luft und erklärte Nora, was nach tibetanischer Tradition dem *Jhator* zugrunde lag. Mir selbst wurde flau im Magen. Für Nora würde es noch viel schwieriger zu verstehen sein. Sie rieb sich die Augen und schüttelte immer wieder ungläubig den Kopf, als Alex erzählte, dass der Körper ihres Vaters, einem alten Ritual folgend, von Raubvögeln gefressen worden war.

Nora starrte stumm auf den Boden und presste die Lippen fest zusammen. Dann sagte sie, in sehr lautem Ton:
„Ich muss es sehen. Ich muss sehen, wie sie es gemacht haben!“
Außer dem heulenden Wind am Fenster und dem Knacken der Feuerstelle war es vollkommen still im Raum.
Lobsang schaute uns fragend an. Nora sah uns allen fest in die Augen. Alex räusperte sich leise und durchbrach die Stille. Nachdem Alex Lobsang gefragt hatte, schwieg er eine Weile, dann schaute er Nora an und nickte mit dem Kopf.

Der nächste Morgen war kalt und der Aufstieg beschwerlich. Lobsang führte uns auf eine kleinere Hochebene über dem Kloster.
Zwei Frauen und zwei Männer standen in der Nähe einiger kunstvoll aufgeschichteter Steine. Als sie sahen, dass wir in Begleitung von Lobsang kamen, nickten sie uns zu. Auf dem Steinhaufen lag deutlich sichtbar ein Körper, der von einem Tuch verhüllt

wurde. Während Lobsang uns stehen ließ, zu dem Steinaltar ging und das Tuch wegzog, nahm einer der Angehörigen seine Frau von hinten in den Arm. Wir konnten sehen, wie traurig sie aussahen. Nach wenigen Sekunden war die Luft vom Kreischen und Schreien zahlreicher Geier erfüllt. Sie hackten und pickten so heftig auf den toten Körper ein, dass Teile davon zu Boden fielen. Nora hatte sich sofort umgedreht und vergrub anfangs ihren Kopf in Alex Armen. Als nach fast drei Minuten noch kaum etwas von der Leiche übrig war, drehte sie sich wieder um. Die Angehörigen weinten.

Dann kam ein zweiter Mönch mit einer Lederschürze. Er trug eine Art Axt mit sich und erinnerte sehr an einen Metzger. Er hockte sich vor einen Stein, von der Größe und Beschaffenheit eines kleinen Tisches, und wartete, bis ihm unter lautem Sprechen von zeremoniellen tibetischen Sätzen die einzelnen übrigen Knochen und der Schädel gebracht wurden. Ein Knochen nach dem anderen wurde von ihm sehr fein mit der Axt zerhackt, dann spaltete er den Schädel, entnahm das Gehirn und vermischte es, zusammen mit den Knochenflocken, mit Mehl, Zucker und Butter zu einem Brei, der wieder zu dem Steinaltar getragen wurde. Sofort stießen wieder Geier vom Himmel herab und fraßen die Reste. Den Luftzug ihrer großen Schwingen spürte ich deutlich auf meinem Kopf. Andere Geier saßen bereits in Reichweite und hatten geduldig gewartet, bis der Mönch seine Arbeit getan hatte und begannen dann zu fressen. Als sie wieder abflogen, kamen kleine Spatzen und pickten die Reste auf.

Die kleine Trauergemeinde löste sich auf und beide Paare gingen in unterschiedlichen Richtungen davon.
War das das Ende? Futter für die Geier und Spatzen. Ein Leben voller Selbstaufopferung für andere? Sogar über den Tod hinaus?

Wir standen gemeinsam auf einem Bergplateau in 5500 Metern Höhe. Ich atmete immer tiefer ein. Die Lungen verlangten gierig nach immer mehr Sauerstoff. Doch dieser Hunger wurde nicht gestillt. Eisiger Wind wehte durch unsere Gesichter und durch die Kleider und fühlte sich an wie Messerstiche auf unserer Haut. Aber als die Kopfschmerzen und der Druck auf der Brust zwischendurch nachließen, die Übelkeit kurz verging, vergaben wir der Landschaft, der dünnen Luft, der menschenfeindlichen Umgebung. Wir fingen an, uns gegenseitig unsere schlechten Seiten zu vergeben. Still und ohne Worte fand hier, im tiefsten Himalaja, eine Einigung statt. Mit Noras wahnsinniger und wütender Hoffnung, mit Alex blinder Verliebtheit und mit meiner stummen Ratlosigkeit gegenüber dem Leben. Beschwerliche Reisen öffnen den Charakter des Reisenden. Ich fühlte mich fast wie Noras Vater. Ein Pilger, der etwas sucht, und es nur finden kann, wenn er sich selbst vorher von allem Bekannten und Bequemen getrennt hat.
Ich drehte mich zu Nora und Alex um. Dann streckte ich meine Hand zu ihnen aus.
Hand in Hand stolperten wir zu dritt ins Tal hinab. Wir hielten aneinander fest. Nora in unserer Mitte.
Sie sah enttäuscht aus. Alex auch.

Mir fielen Worte ein, die mein Vater vor Jahren, in einem bestimmten Moment, zu meiner Mutter gesagt hatte.
Enttäuschungen sind häufig wichtiger als Erfolge. Sie zeigen mir den richtigen Weg, wenn die ganze Scheinwelt, die ich mir so lange aufgebaut habe, schließlich in sich zusammenbricht.

Hamburg-Altona, 00:34

Ich stehe mitten in einer Wüste mit hohen Bergen. An den Bergen kleben tote Korallen und Muschelreste. Einige 100 Meter neben mir liegt die Hälfte eines verrosteten Schiffswracks im Sand. Es ist der Grund eines ausgetrockneten Ozeans. Am Himmel sind die Sonne und zwei Monde gleichzeitig und gleich hell zu sehen. Meine Lippen sind trocken. Drei Zebras erscheinen hinter mir. Während sie näherkommen, sehe ich, dass sie brennen. Als die glühenden Tiere schon bedrohlich nah heran- gekommen sind, fange ich an, wegzulaufen.

An manchen Stellen hört der Wüstensand abrupt auf und tiefe Spalten und Gräben klaffen vor mir. Bevor ich fast in eine der Spalten stürze, zerfallen die brennenden Zebras zu Asche. Ein Windstoß verteilt den grauen Staub in der Luft.

Erkenntnis

Den Weg vom Bahnhof zu meiner Wohnung hätte ich auch im Schlaf wiedergefunden. Zu Fuß sind es zum Glück kaum fünf Minuten. Feiner Nieselregen empfängt mich, als ich aus dem Bahnhofsgebäude nach draußen komme. Zum ersten Mal seit dem Flughafen fühle ich ein kurzes Gefühl von Freude. Doch das wird sehr schnell abgelöst durch eine unbestimmte Aufregung. Ich bin aufgeregt und weiß nicht warum. Ich habe hier nichts vermisst, und es wartet auch niemand auf mich. Aber es fühlt sich nicht an, als ob die lange Reise schon endgültig vorbei ist. Bilder vom Abschied von Alex und Nora gehen mir durch den Kopf.
Alex, der meine entzündete Wunde neu verbindet und mir Antibiotika gibt. Nora die mich zum Abschied umarmt. Alex und Nora Arm in Arm, am Flughafen winkend.

Durch die Kopfhörer schallt eine Band. Zugabe vor dem Abgang. Verschwitzte Körper und umgekippte Bierflaschen auf der Bühne. Das Publikum singt mit.
Es gibt viel Linderung für deinen Schmerz.
Es gibt viel Platz für dich
in meinem Cognac Herz.

Ich sehe die Backsteinhäuser am Anfang der Willebrandstraße. Die Wände haben in den vergangenen Monaten noch ein paar Graffitis mehr abbekommen.

Meine Wohnung liegt in einem großen Altbau im Erdgeschoss. Lange Flure mit vielen kleinen Ein- und Zweizimmer-Wohnungen. Außer meiner Nachbarin kenne ich hier niemanden. Eine anonyme Wohnbatterie, mit dünnen Wänden zwischen den einzelnen Lebens- und Schicksals-Einheiten. Die Nachbarin wird nicht erfreut sein, um diese Uhrzeit aus dem Bett geklingelt zu werden. Aber ich habe ihr meinen Schlüssel gegeben. Die Tür am Haupteingang ist nie verschlossen. Im Flur funktioniert mal wieder das Licht nicht. Ein dünner Lichtschimmer am äußersten Ende des Flurs taucht alles in eine schummrige Stimmung.
Ich zähle die Türen bis zu meiner Wohnung, gehe eine Tür weiter und bleibe stehen. Den Finger bereits auf den Klingelknopf gelegt, halte ich inne. Licht aus der letzten Wohnung am Ende des Flurs. Ich gehe einfach weiter.
Eine unsichtbare Kraft zieht mich durch die offene Tür in die fremde Wohnung. Es ist vollkommen still, die Luft von Räucherstäbchen-Duft erfüllt.
In der Ecke steht ein Sessel, dessen Bezug wie das Fell eines alten, nassen Hundes aussieht.
Die Wohnung ist in einem orientalisch-asiatischen Stil eingerichtet. Es brennen einige Kerzen in bunten Gläsern auf dem Fensterbrett. Das starke Aroma der Räucherstäbchen ist betäubend.
Ich drehe mich um mich selbst und entdecke die große Wand neben mir. Auf der Tapete sind hier zahlreiche Fotografien und zum Teil Zeitungsartikel mit Stecknadeln zu einem großen Kunstwerk arrangiert worden. Die Fotos sind eindeutig an vielen verschiedenen Orten in Asien aufgenommen worden. Im Zwielicht des Kerzenscheins zeigen sie fast immer

das gleiche Motiv: einen bärtigen, dünnen Mann. Der Körper ist so schlank, dass er beinahe krank aussieht. Die Sehnen an Schlüsselbeinen, Unterarmen und Füßen stechen mehr als deutlich hervor. Meine Müdigkeit lässt mich jede Vorsicht vergessen.
Mit meinen Fingern berühre ich die Bilder an der Wand, so als könnte ich auf diese Weise durch Ertasten noch mehr von ihnen erfahren.
Die Wohnungstür steht immer noch offen. Noch während meine Finger die Fotos berühren, schaue ich mich im Zimmer um. Es ist die kleine Wohnung eines Menschen, der an das Leben keine großen Ansprüche stellt. Wenige Möbelstücke, die meisten alt und abgenutzt.
Es gibt keinen Fernseher. In einer kleinen Kochecke steht ein Becher mit Tee, der noch leicht dampft. Der Fußboden ist etwas schmutzig, und auf einem kleinen Tisch neben dem Sessel liegt eine erkaltete Pfeife in einem Aschenbecher aus Glas.
Als ich wieder auf die Wand mit den Bildern schaue, fällt ein älteres Foto herunter und landet mit der Bildseite nach unten auf dem Fußboden. Ein leichter Windzug kommt über den Flur herein, ich bücke mich, um das Foto aufzuheben und halte es in der Hand.
Das Geräusch der Haustür, die geschlossen wird. Schlurfende Schritte auf dem Fußboden. Mein Blick ist noch nach unten gerichtet, als zwei ausgelatschte Lederhalbschuhe vor meinen Augen auftauchen. Langsam schaue ich nach oben, der Geruch von kaltem Pfeifenrauch liegt intensiv in der Luft.
Er ist kaum größer als ich und seinem Blick fehlt jegliche Überraschung. Es ist auch kein Entsetzen darin. Die tiefliegenden Augen schauen gelassen,

aber sehr aufmerksam auf mich. Die Haare sind dunkelbraun und so lang, dass sie die Ohren verdecken. Das Gesicht von tiefen Falten durchzogen und auf diese Weise schwer, einem bestimmten Alter zuzuordnen.
Ich bin als Fremder in seine Wohnung gegangen und habe seine privaten Sachen berührt. Nichts in seinem Verhalten deutet daraufhin, dass ihn das besonders stört. Ich richte mich wieder auf, meine Hand, in der ich das Foto halte, zittert leicht. Er geht an mir vorbei und nimmt die Teetasse aus der Kochecke, dann schaut er mich wieder an, zieht dabei den Beutel aus der Tasse und wirft ihn beiläufig in den Ausguss.
In dieser verräucherten, traumähnlichen Wohnung wird durch den durchdringenden Blick des Mannes vor mir ein Dominostein in meinem Kopf zum Fallen gebracht. Ein Stein folgt dem anderen, ein Gedanke folgt dem nächsten, und in wenigen Bruchteilen einer Sekunde liegen in meinem Geist unendlich viele Steine in einem einzigen Haufen durcheinander. Aber die Kettenreaktion, der chaotische, scheinbar nicht mehr zu ordnende Gedankenhaufen, enthüllt den Namen.
Hans Pantermehl.
Fast unhöflich fahre ich ihn an:
„Sie sind Hans Pantermehl!“
Er schlürft gelassen an seiner Tasse Tee. Dann schaut er kurz an mir vorbei.
„Nein, junger Mann, ich bin nicht Hans Pantermehl. Sie verwechseln scheinbar einiges. Aber Sie sehen aus, als hätten Sie eine lange Reise hinter sich. Setzen Sie sich doch, und erzählen Sie mir davon.“
„Sie müssen es sein!“

Ohne meinen Worten weitere Beachtung zu schenken, fängt er an, einen zweiten Tee zuzubereiten.
„Sie haben vor ein paar Monaten einen Zettel an ihre Tür gehängt, dass Sie lange verreisen würden. Ich war so frei, ihn zu entfernen. Das klang ja wie eine Einladung für Einbrecher."
Seine Worte und das Geräusch einer sich mit Wasser füllenden Teekanne dringen nur gedämpft zu mir durch.
Ich setze mich erschöpft in den Sessel. Meine Aufregung legt sich nur langsam.
Hamburg. Indien. Hunderte von Begegnungen, tausende Eindrücke, unendlich viele Gefühle.
Ich weiß nicht, wohin mit meinen Gedanken.
Ich denke ganz kurz nach, warum sich Zufälle immer etwas mysteriös oder sehr aufregend anfühlen müssen. Wahrscheinlich liegt es daran, dass Zufälle uns kurz ein eigenes Wunschbild vom Leben vorgaukeln. Das, was unserer Vorstellungskraft versagt bleibt, nennen wir Zufall.

Lächelnd nimmt er mir das Bild aus der Hand und hängt es sorgfältig zurück in die Mitte seiner Fotowand. Mein Blick folgt ihm.
Klein, schwarz-weiß, verknittert und vergilbt.
Eine andere Momentaufnahme eines Lebens. Eine von vielen. Ein vollbärtiger junger Mann mit einer kleinen Frau in zerschlissenen Jeans und Armeejacke vor einem Zelt.
Das hier kann ich wirklich sehen. Ich kann es anfassen. Daran kann ich glauben.

Diese Geschichte ist frei erfunden.
Ähnlichkeiten zu lebenden, verstorbenen,
bekannten oder unbekannten Personen
sind zufällig.
Die getroffenen Aussagen über Institutionen
oder Produkte in diesem Buch
sind Teil dieser fiktiven Geschichte
und spiegeln nicht die
tatsächliche Meinung des Autors wieder.

Großer Dank
an Thorsten, Henry und Paul.

Größter Dank,
für Alles,
an meine Linda.